U0615452

河東先生集

5

[唐]柳宗元 撰

明嘉靖濟美堂本

讀者出版社

河東先生集卷第三十五

啓

上廣州趙宗儒尚書陳情啓 一本無廣州字

宗儒字秉文鄧州穰人按新史未嘗爲廣州節度使此啓云天罰深重當元和初公喪母之時元和元年四月以安南都護趙昌爲廣州刺史嶺南節度使則此啓當是與昌然公作趙大秀才序亦云尚書由交廣爲刺史必有所據也

某啓某天罰深重餘息苟存元和元年五月公母盧氏卒于永州沉竄俟罪朝不圖夕伏謁無路不任荒戀

之誠伏念宗元初授御史之日（貞元十九年閏十二月以公爲監察御史）尚書與杜司空（杜黃裳也）先賜臨顧先耀里閭下情至今尚增惶惕頃以黨與進退投竄零陵囚縶所迫不得歸奉松檟（古雅切）哀荒窮毒人理所極親故遺忘（音望）況於他人朝夕之急饘粥難繼（饘諸延切亦作餰）宗祀所重不敢死亡偷視累息已逾歲月伏以尚書德量弘納義風遠揚收撫之恩始於枯朽敢以餘喘上累深仁伏惟惻然見哀使得存濟慺慺荒懇

僂音婁恭謹貌一曰勤也叩顙南望竊以動心於無情之地施惠於不報之人古烈尚難況在今日而卒然干冒決不自疑者蓋以聞風之日久嚮德之誠至振高義於流俗之外合大度於古人之中獨有望於閤下而已非敢以尋常祈向之禮當大賢匍匐之仁詩匍匐救之。匍音扶又音蒲匐音伏又蒲墨切夙夜忖度果於自卜方在困辱不敢多言伏紙惶恐不勝戰越謹啓

上西川武元衡相公謝撫問啓元衡字伯

著憲宗即位蜀新定詔元衡檢校吏部尚書兼門下侍郎同平章事爲劒南西川節度使元和八年至自西川啓云伏匿嶺下于今七年元和六年作也

某啓某愚陋狂簡不知周防失於夷途陷在大罪伏匿嶺下于今七年追念往愆寒心飛魄幸蒙在宥（莊子聞在宥天下不聞治天下在宥謂寘宥也）得自循省豈敢徹聞於廊廟之上見志於樽俎之際以求心於萬一者哉相公以含弘光大之德（易坤卦之辭）廣博淵泉之量（禮記溥博淵泉而時出之）不遺垢

汙先賜榮示奉讀流涕以懼以悲屛營舞躍屛營恐懼之貌○屛步丁切不敢寧處是將收孟明於三敗左傳僖三十三年秦繆公使孟明視將兵伐鄭至滑孟明曰鄭有備矣滅滑而還晉人與師敗孟明于殽及三年孟明帥師伐晉報殽之役戰于彭衙孟明敗績繆公猶用孟明增修國政次年孟明伐晉繆公遂伯西戎責曹沫於一舉史記曹沫魯人也爲魯將與齊戰三敗莊公十三年與齊桓公盟于柯沫執匕首劫桓公曰齊強魯弱大國侵魯亦以甚矣桓公乃許盡歸魯之侵地左傳作曹劌○沫莫佩切俾折脅臏脚之倫鄒陽書司馬喜臏脚於宋卒相中山范睢拉脅折齒於魏卒爲應侯○臏音牝刖刑也脅迮業切得自拂飾以期效命於鞭

策之下此誠大君子并容廣覽棄瑕錄用之道也自顧孱鈍孱助山切無以克堪祗受大賜豈任負戴精誠之至烱然如日烱古迥切拜伏無路不勝惶惕輕冒威重戰汗交深

謝襄陽李夷簡尚書委曲撫問啓元和六年四月以戶部侍郎李夷簡檢校禮部尚書爲山南東道節度使啓云襄州郎此時也公在永州

某啓當州謂永州也員外司馬李幼淸傳示尚書委曲委曲書也特賜記憶過蒙存問捧讀喜懼涙

然滂流浪郎音慶幸之深出自望外伏惟尚書

鷖立朝端風行天下入綂邦憲出分主憂控

此上游上游猶言重地也見漢書項羽傳式是南服詩式是南服式

法式也凡海內奔走之士思欲修容於轅門之

外季孫之母死曾子與子貢弔焉閽人弗納曾子與子貢入於其廏而修容焉註云修

容更莊飾也轅門以車爲門躡履於油幢之前幢麾也躡音聶○

譬之涉蓬瀛海中三山曰方丈蓬萊瀛洲皆神仙所居登崑閬崑崙

閬風二山名十洲記崑崙山有三角一角正北名閬風巔一角正西北名玄圃臺一角正

東名崑崙宮○閬音浪不可得而進也某負罪淪伏聲

銷跡滅固世俗之所棄親友之所遺敢希大賢曲見存念是以展轉歔欷音虛希晝詠宵興願爲厮役以報恩遇瞻仰霄漢邈然無由綢羅未解縱羽翼而何施囊檻方堅雖虎豹其焉往不任踊躍戀戀之至謹奉啓起居輕黷威嚴倍增戰越

賀趙江陵宗儒辟符載啓宗儒履歷已具註前

啓作之時日當先後也符載字厚之蜀都人有奇才以王霸自許

某啓伏聞以武都符載爲記室天下立志之士雜然相顧繼以歎息知爲善者得其歸嚮流言者有所間執（左傳願以間執讒慝之口）直道之所行義風之所揚堂堂焉實在荆山之南矣幸甚幸甚夫以符君之藝術志氣爲時聞人才位未會盤桓固久中間因緣陷在危邦與時偃仰不廢其道（韋皐鎮蜀以載爲支使劉闢時爲倉曹參軍載爲闢眞贊略云行義則固輔仁乃通它年良覿麟閣之中及皐卒闢擅總留務載亦在幕中闢敗載素服請罪而崇文以其贊有行義輔仁之語禮而釋之）而爲見忌嫉者

橫致唇吻房給事以高節特立明之于朝王吏部以清議自任辨之於外然猶小人浮議困在交戟（劉向傳今佞邪與賢臣並交戟之內註交戟謂守衛者與此意同）凡諸侯之欲得符君者城聯壤接而惑於騰沸環視相讓莫敢先舉及受署之日則皆開口垂臂悵望悼悔譬之求珠於海而徑寸先得（廣雅云有大珠徑寸幾圍二寸巳上）則衆皆怏然罷去知奇寶之有所歸也嗚呼巧言難明下流多訕（一作謗司馬遷書云負下未易居下流多謗議）自非大君子出世之氣

則何望焉瞻望清風若在天外無任感激欣躍之至輕黷陳賀不勝戰越不宣謹啓

與邕州李域中丞論陸卓啓（公集中有邕州李中丞墓誌然非域也陸卓事亦不之見）

某啓伏以至公之道施恩而不求報獎善而不爲功所以振宣幽光激勵頽俗誠大君子所蓄積也（司馬遷報任安書其素所蓄積也）竊見故招討判官試右衛冑曹參軍陸卓生稟清操長於吏理累仕所至（至一作隸）必獲休聲（獲一作有）再舉府曹

績用茂著墳以狂賊李元慶劫取留後擅樹兇徒構災扇禍期在旦夕一夫見刃莫爲已用而卓以此時特立不懼終蹈强暴以寧師人旣而不幸嬰疾物故不獲一日趨事以受其職有功未報有善未録伏承閤下言論之餘每所嗟異優給家屬恩禮特殊行道之人皆所欽伏儻録其事跡奏一贈官使懷憤之寃知感恩於地下秉志之士思受命於門庭足以勸奬三軍（諸葛孔明出師表奬帥三軍）豈止光榮一

族伏惟不棄狂瞽特賜裁量幸甚幸甚某與

卓未嘗相識敢率愚直以期至公輕黷威嚴

伏增戰悚謹啓

謝李中丞安撫崔簡戚屬啓此非前邕州李中丞乃以下湖南李中丞集凡有湖南李中丞啓三此卷有其二後卷有其一公在永州正隷湖南道故云凡在巡屬蓋其所部明矣公作崔簡墓誌卒在元和七年正月書又當前云

某啓伏見四月六日勑刺史崔簡以前任贓罪決一百長流驩州簡字子敬公之姊夫元和初爲連州刺史徙永

（州未至永而連之人愬御史按章具獄坐流驩州）簡伏奉去月二十三日牒崔簡家口牒州安存并借官宅什器差人與驅使伏惟中丞以直清去敗政以惻隱撫窮人罪跡暴著則按之以至公家屬流離則施之以大惠各由其道咸適于中威懷竝行仁義齊立繩愆糾繆（書冏命之辭）列郡肅澄清之風匡困資無闔境知嗅嗅咻之德（嗅嫗遇切又音郁咻呴尤切又音煦左傳作噢休註痛念之聲）凡在巡屬慶懼交深伏見崔簡兒女十人皆柳氏之出簡之所犯首

未知之蓋以風毒所加漸成狂易音亦簡餌五石病瘍目亂不知畏法坐自拒刑名爲贓賄卒無儲蓄得罪之日簡權曆誌云坐流驩州幼弟訟于朝天子黜連帥罷御史云云連帥即此中丞百口嗷然叫號羸頓不知所赴儻非至仁厚德深加憫恤則流散轉死期在須臾某幸被縲囚縲倫追切久沐恩造至於骨肉又荷哀矜循念始終感懼無地謹勒祗承人沈澹奉啓陳謝下情輕黷一本作瀆

上湖南李中丞干廩食啓即前啓李中丞也公

謫永州故以稟食告之又在前書之前也一無干稟食三字

某啓某嘗讀列子書有言於鄭子陽者曰列禦寇蓋有道之士也居君之地而窮若不好士（若一作居）使之然乎子陽於是以君命輸粟於列子列子不受（列子說符之文）固嘗高其志又讀孟子書言諸侯之於士曰使之窮於吾地則賙之賙之亦可受也又惟孟子以希聖之才命代而出不卓然自異以潔白其德取食於諸侯不以爲非斷而言之則列子獨任之士唯

已一毛之爲愛孟子揚子取爲我拔一毛而利天下不爲也故遁以自免孟子兼愛之士唯利萬物之爲謀故當而不辭今宗元處則無列子之道出則無孟子之謀窮則去讓而自求定公穀梁傳求者請也古之人重請何重乎請人之所以爲人者讓也請道去讓也則是舍其所以爲人也二字本此至則捧受而不慙不一作無則固爲貪凌苟冒人矣董生曰明明求財利唯恐困乏之者庶人之事也董仲舒答武帝策是皆詬恥之大者而無所避之何也以爲士則黜辱爲農則斥遠無伎不

可以爲工無貲不可以爲商抱大罪處窮徼（音叫）以當惡歲而無稟食又不自列於閤下則非所以待君子之意也（待一作侍又轉作示）伏惟覽子陽孟子之說以垂德惠無使惶惶然控于他邦（詩控于大邦注控引也箋云欲求援引之力助於大國之諸侯）重爲董生所笑則縲囚之幸大矣

上桂州李中丞薦盧遵啓（盧遵公之內弟也公集有序送遵遊桂州在元和四年當與此書同時作）

凡士之當顯寵貴劇則其受賜於人也無德

心焉何也彼將曰吾勢能得之是其所出者大而其報也必細居窮厄困辱則感槩捧戴萬萬有加焉是其所出者小而其報也必巨審矣故凡明智之君子務其巨以遺其細則功業先乎當時聲名流乎無窮其所以激之於中者異也若宗元者可謂窮厄困辱者矣世皆背去顚頷曠野獨顇大君子以明智垂仁問訊如平生光耀囚錮若被文繡嗚呼世之知止足者鮮矣既受厚遇則又有不已之

求以黷閤下之嚴威然而亦欲出其感槩捧戴而効其巨者伏惟閤下留意裁擇幸甚幸甚伏以外族積德儒厚以爲家風周齊之間兄弟三人咸爲帝者師（解在二十四卷送內弟盧遵序）孝仁之譽高於他門伯舅叔仲咸以孝德通于鬼神爲文士所紀述相國彭城公嘗號于天下名其孝以求其類則其後咸宜碩大光寵以充神明之心乃今凋喪淪落莫有達者豈與善之道（老子天道無親常與善人）無可取耶獨內弟盧遵

其行類諸父靜專温雅好禮而信飾以文墨達於政事令所以聞於閤下者無怍於心無愧於色焉以宗元棄逐枯槁故不求遠仕務顯名而又難乎其進也竊高閤下之舉賢容衆故願委心焉則施澤於遷過於厚賜小人也遠矣以今日之形勢而不廢其言論語君子不以言舉人不以人廢言使遷也有籍名於天官天官謂吏部獲祿食以奉養用成其志一舉而有知恩之士二焉可不務其巨者乎伏惟試詳擇焉言而

無實罪也其敢逃大譴一本止作言而無實罪其敢逃進退恐懼不知所裁不宣謹啓

河東先生集卷第三十五

東吳郭雲鵬校壽梓

啓
表
下
河東集
三十六～八
共二十

河東先生集卷第三十六

啓

上權德輿補闕温卷決進退啓（時年十八）

德宗聞其才召爲太常博士改左補闕正元中知禮部貢舉真拜侍郎凡三歲甄品詳諦所得士相繼爲公卿宰相取明經初不限負史所載如此韓昌黎有燕河南府秀才詩云昨聞詔書下權公作邦楨文人得其職文道當大行以此觀之則德輿之在當時誠多士之龍門也公上書求馳聲成名之資基宜矣

補闕執事宗元聞之重遠輕邇賤視貴聽所

由古矣竊以宗元幼不知耻少又躁進拜揖長者自于幼年是以遣俊造之末跡[遣初救切]廐牒計之下列[廐初吏切]賈藝求售[賈音古]閭無售價[閴苦壁苦覓二切]載文筆而都儒林者匪親乃舊率皆携撫相示談笑見眤[眤尼質切]喔咿逡巡[楚詞寧喔咿嚅唲○喔乙角切咿於祗切逡七倫切]爲達者嗤[嗤音蚩]無乃覩其樸者鄙其成狎其幼者薄其長耶將行不拔異操不砥礪學不該廣文不炳燿實可鄙而薄耶今駑蹇充朝而獨干執事者特以顧下

念舊收接儒素異乎他人耳敢問厥由庶幾告之俾識去就幸甚幸甚今將慷慨激昂奮攘布衣縱談作者之莛曳裾名卿之門抵掌峩弁（弁冠也）厚自潤澤進越無恧汗達者之視聽狂猾愚妄固不可爲也復欲俛默惕息疊足榻翼拜祈公侯之閽跪邀賢達之車竦魂慄股兢恪危懼縈者倦之彌忿厥心又不可爲也若慎守其常確執厥中固其所矣則又色平氣柔言訥性魯無特達之節無推擇之

行漢書以貧無行不得推擇爲吏瑣瑣碌碌晉書瑣瑣常人碌碌凡士碌音祿一孺子耳孰謂其可進孰謂其可退抑又聞之不皷踴無以超泥塗不曲促無以由險艱不守常無以處明分不執中無以趍夷軌今則皷踴乎曲促乎守其常而執厥中乎浩不知其宜矣進退無倚宵不遑寐乃訪于故人而咨度之其人曰補闕權君著名踰絕行爲人高言爲人信力學撚文撚以冉切朋儕稱雄儕牀皆切子亟拜之足以發揚對曰褱燕石而履

玄圃荀子云宋之愚人得燕石於梧桐臺之東歸而藏之以爲寶周客觀之掩口而笑曰此燕石也與瓦甓不殊十洲記崑崙山有玄圃臺秉懷也葛仙公傳崑崙一名曰玄圃爾雅西北之美者有崑崙之墟璆琳琅玕焉帶魚目而游漲海文選盧諶贈劉琨詩序云所謂咸池鱗於北里夜光報於魚目注云夜光寶珠也魚目亂真珠也言琨能鱗詩是以寶珠而報魚目也曰雒書云秦失金鏡魚目入珠祇取誚耳曷予補乎其人曰跡之勤者情必生焉心之恭者禮必報焉況子之文不甚鄙薄者乎苟或勤以奉之恭以下之則必勗勵爾行輝耀爾能言爲建鈍漢高紀田肯賀上曰陛下治秦中地埶便利其以下

兵於諸侯譬猶居高堂之上建瓴水也瓴盛水瓶○建音謇瓴音零晨發夕被聲馳而響溢風振而草靡可使尺澤之鯢說文鯢刺魚也郭璞云似鮎四足○鯢研奚切奮鱗而縱海窒網之鳥舉羽而翔霄子之一各何足就矣庶爲終身之遇乎曷不舉馳聲之資挈成名之基援之權君然後退行守常執中之道斯可也愚不敏以爲信然是以有前日之拜又以爲色取象恭論語色取仁而行違書象恭滔天象貌也大賢所飫依據切朝造夕謁大賢所倦性頗踈野竊又不能是以

有今茲之問仰惟覽其鄙心而去就之絜誠齋慮不勝至願謹再拜

上大理崔大卿應制舉不敏啓 新史年表崔同嘗爲大理少卿崔鋭嘗爲大理卿然皆不見於傳公此書蓋未中博學宏詞時作爾

古之知己者不待來求而後施德舉能而已其受德者不待成身而後拜賜感知而已故不叩而響不介而合則其舉必至而其感亦甚斯道遁去遼闊千祀何爲乎今之世哉若

宗元者智不能經大務斷大事非有恢傑之才學不能探奥義窮章句爲腐爛之儒雖或寘力於文學勤勤懇懇于歲時然而未能極聖人之規矩恢作者之聞見勞費翰墨徒爾拖逢掖（逢大也掖袂也○掖音亦）曳大帶游於朋齒且有愧色豈有能乎哉閤下何見待之厚也始者自謂抱無用之文戴不肖之容雖振身泥塵仰睎雲霄何由而能哉遂用收視內顧頫首絶望（頫與俯同）甘以没没没也今者果不自意他日

瑣瑣之著述幸得流於衽席接在視聽閤下乃謂可以蹈遠大之途及制作之門决然而不疑介然而獨德是何收採之特達而顧念之勤備乎且閤下知其爲人何如哉其貌之美陋質之細大心之賢不肖閤下固未知也而一遇文字志在濟拔斯蓋古之知己者已故曰古之知己者不待來求而後施德者也然則亟來而求者誠下科也宗元向以應博學宏詞之舉會閤下辱臨考第司其升降當

此之時意謂運合事弁適丁厥時其私心日以自負也無何閤下以鯤鱗之勢不容尺澤悠爾而自放廓然而高邁其不我知者遂排逐而委之委之誠當也使古之知己猶在豈若是求多乎哉夫仕進之路昔者竊聞于師矣太上有專達之能乘時得君不由乎表著之列昭十一年叔向曰朝有著定會有表會朝之言必聞於表著之位注云著定朝內外列常處謂之表著表者野會設表以爲位○著張慮切而取將相行其政焉其次有文行之實積能累勞不由乎

舉甲乙歷科第登乎表著之列顯其名焉又其次則曰吾未嘗舉甲乙也未嘗歷科第也彼朝廷之位吾何修而可以登之乎必求舉是科也然後得而登之其下不能知其利又不能務其往則曰舉天下而好之吾何爲獨不然由是觀之有愛錐刀者以舉是科爲悦者也有爭尋常者以登乎朝廷爲悦者也有慕權貴之位者以將相爲悦者也有樂行乎其政者以理天下爲悦者也然則舉甲乙歷

科第固爲末而已矣得之不加榮喪之不加憂苟成其名於遠大者何補焉然而至於感知之道則細大一矣成敗亦一矣故曰其受德者不待成身而後拜賜然則幸成其身者固末節也蓋不知來求之下者不足以收特達之士而不知成身之末者不足以承賢達之遇審矣伏以閤下德足以儀世才足以輔聖文足以當宗師之位學足以冠儒術之首誠爲賢達之表也顧視下輩豈容易而收哉

而宗元樸野昧劣進不知退不可以言乎德不能植志於義而必以文字求達不可以言乎才秉翰執簡敗北而歸不可以言乎文登場應對剌繆經旨（剌乖剌也力葛切）不可以言乎學固非特達之器也忖省陋質豈容易而承之哉叨冒大遇穢累高鑒喜懼交爭不克寧居竊感荀罃如實出己之德（左傳成三年荀罃之在楚也鄭賈人有將寘褚中以出既謀之未行而楚人歸之賈人如晉荀罃善視之如實出己○罃音鶯）敢希豫讓國士遇我之報（史記豫讓事智伯智伯趙襄子滅智伯豫

讓欲刺襄子曰智伯國士遇我我故國士報之伏候門屏敢俟招納謹奉啓以代投刺之禮伏惟以知己之道終撫薦焉不宣宗元謹啓

上裴晉公度獻唐雅詩啓詩雅者正也言王政之所由廢興也政有小大故有小雅焉有大雅焉公所作唐雅見第一卷

宗元啓伏以周漢二宣中興之業歌於大雅載於史官然而申甫作輔詩維申及甫維周之翰申謂申伯甫謂甫侯方召專淮夷之功方謂方叔召謂召公虎也詩江漢尹吉甫

美宣王也能興衰撥亂命召公平淮夷又曰方叔元老克壯其猷魏邴謀謨魏邴謂魏相邴吉也辛趙致罕毳之績辛趙謂辛武賢趙充國同爲破羌將軍有平先零之功文武所注中外莫同伏惟相公天授皇家聖賢克合謀協一德以致太平入有申甫魏邴之勤出兼方召辛趙之事東取淮右謂平吳元濟也北服恒陽謂成德節度使王承宗獻德棣二州遣子入侍恒陽謂恒州也畧不代出功無與讓故天下文士皆願秉筆牘勤思慮以贊述洪烈闡揚大勳宗元雖敗辱斥逐守在蠻裔時公爲柳州刺史猶欲

振發枯槁決䟽潢汙潢音黃鼇效蚩鄙少佐毫髮謹撰平淮夷雅二篇一曰皇武爲晉公作二曰方城爲李愬作恐懼不敢進獻私願徹聲聞於下執事庶宥罪戾以明其心出位僭言惶戰交積無任踊躍屏營之至不宣宗元謹啓

上襄陽李愬僕射獻唐雅詩啓愬字元直

既平淮右元和十二年十一月有詔檢校尚書左僕射襄州刺史充山南東道節度襄鄧隋唐復郢均房等州觀察使賜爵梁國公山南東道其鎮在襄陽

宗元啓昔周宣中興得賢臣召虎師出江漢以平淮夷故其詩曰江漢之滸滸謂江岸也音虎王命召虎召穆公名虎其卒章曰于周受命自召祖命已上並詩江漢之文以明虎者召公之孫世本云虎康公十六世孫克承其先也今天子中興而得閫下亦出江漢以平淮夷克承于先西平王李晟封西平王即愬之父其事正類然而未有嗣大雅之說以布天下以施後代豈聖唐之文雅獨後於周室哉宗元身雖陷敗而其論著往往不爲世屈意

者殆不可自薄自匿以墜斯時苟有輔萬分之一雖死不憾謹撰平淮夷雅二篇齋沐上獻誠醜言淫聲不足以當金石庶繼代洪烈稗官里人漢藝文志小說家流出於稗官注云稗官小官也街談巷語道聽塗說所造也如淳曰王者欲知閭巷風俗故立稗官使稱說之師古曰稗音稊稗之稗國語爲里人所命次注里宰也○稗旁卦切得採而歌之不勝憤踊之至輕黷威重戰越交深謹啓

上揚州李吉甫相公獻所著文啓 吉甫

罷相爲淮南節度使公時在永州上此啓揚州即謂淮南

宗元啓始閤下爲尚書郎正元初吉甫爲尚書屯田駕部二員外郎薦寵下輩漢書灌夫稠人廣衆薦寵下輩士之顯於門闥者以十數而某尚幼不得與於厮役及閤下遭讒妬在外十餘年貞元七年四月陸贄爲相出吉甫明州刺史歷忠柳饒三州又不得效薄伎於前以希一字之褒貶公道之行也閤下乃始爲贊書訓辭擅文雅於朝以宗天下永正元年八月以吉甫爲考工郎中知制誥十二月爲中書舍人翰林學士而某又以此時去表著之位野會則有表朝會則有著會也受放逐之罰永正元年九月公自禮部員外郎責

刺邵州未至十一月再貶永州司馬員外郎荐仍囚錮視日請命命謂死命也進退違背思欲一日伏在門下而不可得常恐拖斯志以沒秊無以知於門下冥冥長懷魂魄幽憤故敢及其能言貢書編文冒昧嚴威以畢其志伏惟觀覽焉幸甚幸甚閤下相天子致太平用之郊報報謂報本反始則天神降地祇出用之經邦則百貨殖萬物成用之文教則經術興行用之武事則暴亂翦滅依倚而冒榮者盡去幽隱而懷道者畢出然

後中分主憂以臨東諸侯元和三年九月罷爲淮南節度使而天下無患盛德大業光明如此而又有周公接下之道斯宗元所以廢錮瀕死而猶欲致其志焉閤下儻以一言而揚舉之則畢命荒裔固不恨矣謹以雜文十首上獻縲囚而干丞相大罪也寧爲有聞而死不爲無聞而生去就乖野不勝大懼謹啓

謝李吉甫相公示手札啓

宗元啓六月二十九日元和五年衡州刺史呂温

道過永州辱示相公手札省録狂瞽收撫羈縲沐以含弘之仁忘其進越之罪感深益懼喜極增悲五情交戰不知所措宗元性質庸塞行能無取著書每成於廢疾鄭玄別傳云任城何休好公羊學遂著公羊墨守左氏膏肓穀梁廢疾玄乃發墨守鍼膏肓起廢疾云進德且乏其馨香書黍稷非馨明德惟馨常願操篲醫門莊子醫門多疾願以所聞思其則庶幾國有瘳乎又良醫之門不弃衆疾○篲音遂掬溜蘭室家語與善人居如入芝蘭之室良辰不與夙志多違昨者踊躍殘魂奮揚蓄念激以死灰之氣莊子形如

（槁木心若死灰漢韓安國云死灰獨不復然乎田甲曰然即溺之）陳其弊箒之辭（曹子建書云家有弊箒享之千金箒與帚同）致之煙霄分絕流眄今則垂露在手清風入懷華袞濫褒於赭衣（范甯穀梁序云一字之褒寵踰華袞之贈赭衣罪人之衣顏師古云罪犯則衣赭衣賈山傳赭衣當道）龍門俯收於埳井（龍門河水所下之口在今絳州龍門縣辛氏三秦記曰河津一名龍門水險不通魚鼈之屬莫能上江海大魚薄集龍門下數千不得上上則為龍也埳井壞井也莊子埳井之蛙伏於甃砌之崖○埳苦覽切）藻鏡洞開而秋毫在照（藻謂文藻也）文律傍暢而寒谷生輝（寒谷生輝借鄒子吹律之義已見上注）化幽鬱之

志若覿清明換兢危之心如承撫薦非常之幸豈獨此生伏以淮海劇九天之遥淮南子何謂九天中央曰鈞天東方曰蒼天東北曰變天北方曰玄天西北曰幽天西方曰昊天西南曰朱天南方曰炎天東南曰陽天瀟湘參百越之俗傾心積念長懸星漢之上流形委骨永淪魑魅之羣魑抽支切魅音寐何以報恩唯當結草結草事出左氏傳無任喜懼感戀之至

上江陵趙相公寄所著文啓趙宗儒字秉文鄧州穰人元和三年自東都留守遷荆南節度使公前後與儒

宗啓　凡三

宗元啓往者嘗侍坐於崔比部（比部名鵬字元翰）聞其言曰今之爲文莫有居趙司勳右者（宗儒正元中自翰林學士再遷司勳員外郎）自是恒欲飾其所論著薦之閤下病其未就將進且退者殆十數焉幸以廢逐伏匿獲伸其業類於嚮者若有可觀然又以罪惡顯大甘死荒野不能出其固陋以求知於閤下則固昧昧徒生於世矣謹獻雜文十首儻還以數字定其是非使得存於

世則雖生與蠻夷居魂與魑魅游所不辭也

輕瀆威重伏增戰惶謹啓戰惶一作惶灼

上嚴東川寄劒門銘啓嚴礪字元明震之從祖弟也元和元年劉闢反自山南西道節度使討闢以儲備有素檢校尚書左僕射節度東川公作銘以紀其事詳注劒門銘

宗元伏惟僕射以仁厚蓄生人以勇義平國難而劒門用兵之事最爲天下倡首取其險固爲我要衝礪與高崇文同征劉闢拔劒川斬其刺史文昭德因分守險阻瀆其腹心王師得以由其門而入彷徉布濩布濩散也

徉音羊護户故切遂無留滯是閤下之勳力宜著於萬祀而不已也宗元負罪俟命晷刻觀望道里深遠不得悉聞當時之威聲然而竊以累受顧念踴躍盛德恐沒身炎瘴卒無以少報於閤下是以晝夜恟恟許拱切不克自寧今身雖敗棄庶幾其文猶或傳於世又焉知非因閤下之功烈所以爲不朽之一端也敢默默而已乎謹撰劒門銘一首惶恐獻上誠無以稱宏大之畧亦足以發平生之心不勝慙懼

戰越之至

上江陵嚴司空獻所著文啓（嚴綬華州華陰人挺之從孫也元和六年三月以授檢校司空出爲荊南節度觀察度支等使兼江陵尹）

宗元啓伏念往歲司空由尚書郎出貳太原（正元中綬自司空貟外郎爲太原少尹尋加北都副留守又加行軍司馬）宗元獲於天長（天長驛名）專用候謁伏蒙敘以世舊許造門闌自後司空累膺寵榮位極公輔（綬累遷尚書右僕射檢校司空）宗元得罪朝列竄身湘南（湘南謂永州）霄

漢益高泥塵永棄瞻仰遼絕陳露無由司空統臨舊荆控制南服道路非遠德化所覃是敢奮起幽淪仰希光耀伏惟憫憐孤賤特賜撫存則縲紲之辱有望蠲除嗚吠之能猶希效用謹獻雜文七首伏惟以一字定其褒貶終身之幸無以加焉輕黷威嚴伏增戰越

上嶺南鄭相公獻所著文啓憲宗初以鄭絪同平章事繼出爲嶺南節度使廣州刺史

宗元啓伏見與當州韋使君書韋使君永州刺史猥

往

賜存問驚怍悼懼交動於中循念竟日若無容措幸甚幸甚宗元素乏智能復闕周愼一自得罪八年于今時元和七年也兢愧弔影追咎旣自以終身沉廢無跡自明不意相國垂愍特記名姓守窔奧者窔奧謂幽隱之處忽仰睎於白日負泥塗者遂自濯於清源快心暢目不知所喻伏以聖人之道與其進也不保其往故敢藻飾文字洗滌心神致之門下祗俟嚴命伏惟收撫奬勵以成其終謹獻雜文三十六首

冒昧上黷無任踊躍惶恐之至

上李中丞獻所著文啓（即湖南李中丞也與前卷二啓同其人此啓又與前卷啓中之意同）

宗元啓宗元無異能獨好爲文章始用此以進終用此以退今者畏罪悔咎伏匿惴慄猶未能去之時時舉首長吟哀歌舒泄幽鬱因取筆以書紉韋而編（紉結也女陳切）畧成數卷伏念閤下以文章昇大僚統方隅而宗元幸緣罪辜得與編人齒於部內（永州在湖南管內）不以此時

露其所爲以希大君子顧視則爲陋劣而自棄也敢飾近文及在京師官命所草者凡三合四十三篇不敢繁故也儻或以爲有可采者當繕録其餘以增几席之汚去蔵鄙野伏用兢惶謹啓

上裴行立中丞撰訾家洲記啓元和十二年以御史中丞裴行立爲桂管觀察使故以桂州訾家洲記屬公公至是移書獻記當在十二年後柳州時作訾即移切又音紫

右伏奉處分令撰譽家洲亭記伏以境之殊尤者必待才之絶妙以極其詞今是亭之勝甲於天下而猥顧鄙陋使爲之記伏受嚴命不敢固讓退自揣度惕然汗流累奉游宴竊觀物象涉旬模擬不得萬一竊復詳忖進退若墜乂稽纂刻則有違慢之辜速課空薄又見踈蕪之累儛期麼事（儛與慫同）尤所戰慄謹修撰訖（記在集中）上獻退自跼蹐（跼蹐音局脊）不知所裁無任隕越惶恐之至

上河陽烏尚書啓一本題云上河陽烏尚書重胤欲獻文啓

宗元啓伏以尚書以碩德偉才代著勳烈重胤父承玼事平盧軍有功兩河定亂重胤少爲路州牙將兼左司馬節度使盧從史奉詔討王承宗陰與賊連吐突承璀將圖之以告重胤元和五年四月重胤縛從史以獻帳下士持兵合譟重胤叱曰天子有命從者賞違者斬士歛手還部無敢動三城建功憲宗嘉重胤功擢帥河陽河陽有三城故曰河陽三城節度後徙鎮横海帝討淮蔡詔重胤以兵壓賊境鼎彝竹帛未足云紀進臨汝上控制東方元和九年閏八月以重胤爲汝州刺史充河陽淮汝節度使徙

治汝州隱然長城朝野倚賴宗元雖孱棄遐壤而飽聞德聲所恨不獲親執鞭弭左傳僖二十三年晉公子重耳曰左執鞭弭右屬櫜鞬爾雅弓有緣者爲弓無者爲弭緣骨飾首末以備戎伍夙夜踊躍不克寧居伏以威稜所加狂狡已震狂狡謂吳元濟也莫大之績重復增崇小子久以文字進身甞好古人事業專當具筆札拂縑緗上音兼下音相贊揚大功垂之不朽瞻望霄漢戀慕交深冒黷威嚴伏增戰越

河東先生集卷第三十六

東吳郭雲鵬校壽梓

高宗徇武后意稱天皇中宗從韋庶人欲稱應天武后稱天后韋庶人稱順天德宗以位次年正月亦上尊號

河東先生文集卷第三十七

表慶賀

禮部爲百官上尊號表

尊號昔者所無有盖自唐高宗始稱天皇中宗稱應天至明皇遂有開元聖文神武之號自是以爲法肅宗即位次年正月遂加冊號代宗即位次年七月羣臣遂尊號至憲宗立於永正元年八月禮部百官當復遵此議公是時尚爲禮部員外郎故預作此表然公是年九月黜爲邵州刺史繼貶永州司馬至元和三年憲宗方上尊號

臣某言伏以聖王之纂承天位也臣子必竭

懇誠獻尊號安敢爲佞禮在其中一則以告天地神祇二則以奉宗廟社稷三則以安華夏蠻貊巍巍大稱其可廢乎臣等誠懽誠望頓首頓首伏惟皇帝陛下協周文之孝德【禮記文王之爲世子朝於王季日三云云是其孝德也】齊大禹之約身【孔子言禹菲飲食惡衣服卑宮室是其約也】弘帝堯之法天【論語惟天爲大惟堯則之】過殷湯之解網【史記湯出見野張網四面祝曰自天下四方皆入吾網湯曰嘻盡之矣乃去其三面】未踰周月四海將致於時雍【書黎民於變時雍】偕及元正率土更欣於再造然

烈文辟公注
侯事不當引
此注非

神人之願億兆之情有所不安率謂未盡善者以爲帝德廣運而尊號猶闕書帝德廣運乃聖乃神郊廟備禮而祝嘏無詞受福曰嘏○嘏古雅切凡百兢懷華夷屬望臣謹按昔皐陶之頌舜伊尹之頌湯皆臣子至公而揚君父以敷於當代以播於無窮夫豈飾哉率由事實帝王尊號蓋漸於此皇家光被四表祖宗列文詩列文辟公時當大和尊號表德耳目所接簡牘斯存稽之於前典則如彼考之於聖朝則又如此今龜

筮習吉書龜筮協從卜不習吉注云習固也元正戒期當品物

惟新之時乃皇王大禮之日陛下郊天地享

宗祧祧遠祖廟也音祧陰陽協和動植交暢不建至

尊之稱恐違列聖之心所以臣等冒死陳聞

請上徽號伏惟陛下小謙讓之節安延企之

情特詔名儒禮官百僚庶尹詳明故實議崇

聖德則人望永厭神心獲安山川效靈光贊

無疆之壽祝史陳信信或作言者誤永彰不朽之功

臣等蒙國寵榮備位班列無任懇望之至

第二表

臣某等言臣等再陳丹悃謹獻鴻名天意未從隕越無措臣某誠惶誠恐頓首頓首謹按堯曰咨爾舜舜曰格爾禹皆書之文湯曰吾自甚武自號曰武王則堯舜禹湯皆當時王者之號也考皇帝之故實徵往聖之憲章允協禮經煥乎圖諜伏惟皇帝陛下允恭克讓約已謙尊參天兩地之功易參天兩地而倚數焉爲而不有安上理人之德孝經安上理人莫善於禮置而不論至哉

王言非羣下所仰望也然臣等伏以爲尊號者所以類上帝書肆類于上帝類祭名饗祖宗萬人所稱百蠻所仰表聖德於率土播天聲於無疆臣下請之之謂禮帝王承之之謂孝孝大於讓禮先於謙百王不刊之典安可得而廢也臣等又以春秋本於五始五始者謂元年春王正月公即位是也王褒傳又記曰春秋法五始之要惟元者一歲之首春者四時之首王者受命之首正月者政教之首郊天大禮者立極之首今天地交泰俯臨元辰

正始之美正當其運陛下確違羣願固守謙冲此臣等所以兢惕失圖慖惶無措上冒嚴憲敢逃厚責伏乞俯垂天聽察納微誠詔禮官議臣所請揆日推禮詩揆之以日作于楚室揆擇也虔奉鴻休盡敬於此猶恐天光未照三獻無徵彷徨闕庭伏待斧鑕無任聳望之至

禮部賀冊尊號表古今序文中皆題云禮部賀冊尊號表殆非也憲宗元和三年初加尊號睿聖文武皇帝至元和十四年七月再上元和聖文神武法天應道皇帝公是時巳爲柳

州刺史表跡可見非禮部表也當題云柳州賀冊尊號表

臣某伏奉月日制元和十四年七月巳丑羣臣上尊號陛下膺受尊號率土臣子慶抃無窮臣聞立極之大四海無以報神功配天之尊萬物不能崇聖德唯有徽號是彰中興所以上探天心下極人欲中謝伏惟元和聖文神武法天應道皇帝陛下統承千載光被六幽蟊賊盡除蟊賊並食苗虫上音蟊下亦作蠈福應皆集有首有趾咸識太平勳臣增爵禄之榮戎士加賞延之寵片善必録

微功盡昇獨惟聖朞事絕酬荅萬國觖望觖望怨望也觖古穴窺聽二切百功怨思百功合作百工是以啓元和之盛典延穹昊之景祚理歷凝命寔曰聖文和衆定功時惟神武運行有法天之用變化乃應道之方鬼神協謀夷夏同志大禮既建鴻恩遂行歡呼遠邇於九圍帝命式于九圍周於八裔滲所禁所錦二切漉音鹿慶超邃古美冠將來臣獲守蠻荒公時爲柳州刺史遠承大典潢汗比陋河清幸遂於千年文選運命論黃河清則聖人生注黃河千年一清

德宗建中改元上尊號文武之號四年議更爲大號時陸贄奏不若不答謗名以祇天戒帝從之改興元至今臣元十八年恬一十九年

塵壤均徵山呼願同於萬歲漢武帝元封元年有事華山登嵩吏卒咸聞呼萬歲者三無任慶賀屏營之至

爲京兆府請復尊號表三首此表爲德宗所作也下爲耆老等請復尊號表二首皆同蓋公爲藍田尉時作

臣某言某月日諸縣耆老某等若干人詣臣陳狀辭意迫切以陛下尊號未復請詣闕上表者人心已鬱安可久違天意實勤諒難固拒撫狀感悅深契微誠臣某誠懇誠迫頓首頓首伏惟皇帝陛下聖神之功貫於天地文

武之道超乎古今建中元年正月丁卯朔群臣上尊號曰聖文神武皇帝興元元年正月癸亥朔詔中外書奏不得言聖神文武之號盛德愈大而謙光益深玄化已成而徽號未復遂使神祇觖望觖音決人庶怨思一作深沐浴鴻澤者敢懷晷刻之安捧戴皇恩者不知寢食之適負媿懷憤萬方一心日月以冀遂淹星歲況今地不愛寶禮地不愛其寶致百穀之豐穰天惟降衷書惟皇上帝降衷于下民衷善也呈衆瑞而繁委汙萊瘠鹵之地鹵鹹地混成大田詩大田多稼草木蟲獸之微化

爲神貺萬靈垂鑒昭然甚明此而不從臣所大慼矧又兵戎永戢夷狄咸懷（一作夷夏懷柔）昭然長春（昭一作煦）樂以終日（以一作只）是以耆老等深感聖育踊躍不寧上奉天恩跼蹐知懼（跼蹐音局脊）頓顙闕下願復鴻名不謀而同無期而至此皆上玄幽贊以誘其衷列聖垂靈以悟其意臣以爲陛下當敬于斯旨不可忽也臣又伏以陛下賞功與能舉賢出滯小言不廢片善是褒豈可使臣子之效雖微而必旌君父之

德盡美而無稱凡在覆載（一有孰不兢惶四字）不勝懇禱惶恐之至謹封耆老等狀奉表昧死陳請以聞謹言

第二表（一本云此二表自新闕此表乃下爲耆老等請復尊號第二表也）

京兆府長安縣耆老臣石靈等言（靈一作霊 徒濫切）伏奉詔批臣所請復尊號（一作批荅臣等云云）未蒙允許者捧對惶遽不知所裁天實命之於臣何有臣等誠懇誠懼頓首頓首臣聞聖君以奉

天爲心不以謙冲爲德以順人爲大不以崇讓爲傷今陛下深拒天人之誠猶懷謙讓之道臣等愚惑未知所歸且百祥荐臻特表昊穹之聽五穀蕃熟用彰后土之勤億兆嗷嗷音嫯籲天請命書無辜籲天注籲呼也上下交應幽明同心舉而違之臣所未識况臣等共被仁育同臻大和陛下德達上玄以豐臣之衣食道躋壽域以延臣之歲年沐浴皇風二十餘載兒童感化鰥寡知恩故臣等出鄉之時歡呼遍

野閭里勉臣以不進不止妻孥誓臣以不遂不歸唯竭血誠退無面目便當隕首闕下終不徒還伏惟陛下照臣懇迫之情哀臣羸老之命臣等不勝嗚咽懇恨之至謹奉表陳謝以聞

第三表

臣某言臣伏以耆老等並皆發丹誠一無皆字將貫白日復請徽號以光聖謨臣以其懇款自中不可禁止遂抗表陳請備述微誠伏奉墨

詔批荅未蒙允許者衆心尚阻天意未從懇迫逾深兢惶無措臣某伏惟皇帝陛下道大益謙化成彌損雖江海善下老子江海所以能爲百谷王者以其善下之也每應朝宗之心書江漢朝宗于海而日月居高久稱照臨之位況復上承天命下覲人誠若然辭之理有不可伏以陛下功參造化政體乾坤萬邦宅心百靈效職此聖之至也明並兩曜信如四時先天不違窮神知化此神之極也道德純備禮樂興行宸翰動於三光

睿藻竊於六義詩序故詩有六義焉此文之備也五兵不試周禮司兵掌五兵注云戈殳戟酋矛夷矛不試不用也七德咸宣左傳宣十二年武禁暴戢兵保大定功安民和衆豐財者也武有七德我無一焉殊方者知歸貧固者率服此武之成也黃龍皓兎甘露慶雲神禾嘉瓜祥蓮瑞木萬物暢遂百穀茂滋此天之至靈也黎老班白伏守闕庭鰥嫠童幼嫠謂無夫也力之切謳歌道路此人之至誠也有其德而無其號拒乎天而違乎人雖陛下謙讓之至美抑非臣心之所安也伏以

賤志難明微誠莫達戴天彌懼履地益慙不任懇迫屛營之至伏願早建大號以稱天人之心謹再奉表昧死陳請以聞

爲耆老等請復尊號表一本題云二首御以前爲京兆府請復尊號第二表爲次篇

京兆府長安縣耆老臣石靈等言靈一作霊臣伏以陛下尊號未復一十九年時正元十八年盛德光大玄化益被一作盛德彌光大化益被加以休徵咸集福應具臻至於今歲紛綸尤盛風雨必順生長

以時五稼盡登萬方皆稔神意人事正在於斯天不可違時不可棄臣等誠懇誠迫頓首頓首臣聞恩深必報德盛必崇以陛下九重之尊推崇無上以陛下四海之大報效何施唯有尊名用光聖理闕然未復誰所敢安臣心則微天意甚重伏惟皇帝陛下體昊穹以施化處上帝以致誠今即萬祥應期百神奉職飛走之物皆巳效靈草木之類咸能應聖天命降於上人誠發於中此而可辭孰云有

奉況野多滯穗詩此有滯穗伊寡婦之利畝有餘糧足食

之慶充溢於京坻水中可居曰坻方言云坻場也梁宋閒蚍蜉犁鼠之場謂之坻詩曾孫之庾如坻如京坻小丘直即切俗作坵阜財之謠歡呼

於道路盡非人力皆是天成神祇之望既勤

遐邇之心又迫況臣等得生邦甸幸遇盛明

身體髮膚盡歸於聖育衣服飲食悉自於皇

恩被玄化而益深望鴻名而未覩懇倒之至

夙夜不寧謹請光順門昧死請復聖神文武

之號以副天地宗社之心使海內赤子得安

其所臣等不勝懇倒迫切之至謹奉表以聞

禮部爲文武百寮請聽政表三首（此表爲順宗而作也德宗崩順宗即位百寮請聽政公是時爲禮部郎官作）

臣某等言臣聞大道必體於至公大孝莫高於善繼（禮記孝子善繼人之志善述人之事）上觀列聖旁考前王罔不俯就禮文仰承大事嚴奉宗廟慰安元元然後德教惟新邦家永固伏惟皇帝陛下寢苫泣血（苫草也居喪以爲覆席正元二十一年正月癸巳德宗崩丙申

順宗即位號慕無時貫于神明動于天地未臨庡
政猶狗至誠凡在人臣孰不哀懼伏惟先聖
遺旨俾陛下抑哀而聽政本朝之人使臣等
竭忠以奉上非敢懼死輒布懇詞期於必從
以慰寰宇且王業至重軍國方殷一日萬機
不可暫闕伏願追遵顧命蹈履成規恢王者
華夷之望順上帝乃眷之懷臣等不勝哀迫
誠懇之至

第二表晏元獻本據文苑英華此謂此表乃是林逢請聽政第三

表別有子厚第二表今載于後

伏奉大行皇帝知陛下至性自天恐陛下執哀過毀上惟九廟之重下念萬務之殷故遺詔丁寧俾遵舊典今百辟卿士顒然在庭瞻望清光已七日矣正元二十一年正月庚子固陳誠請猶未允從內外憂惶莫知所出臣聞大孝之本繼志爲難酌禮之情得中爲貴是以哀迷期數哭泣有常俯而就之禮記賢者可使俯而就之不肖者可使企而及聖人所重知難繼也

賈道而葬後難繼也君子不爲伏願少抑哀懷仰遵理命以副神祇之望以安億兆之心光祖業於無窮流德化於天下凡在臣子孰不悲戴

又此文苑英華所載子厚表也

臣某等言臣聞聖凡殊途邦家異禮故王者捨巳從物用身許天雖居達喪孔子曰三年之喪天下之通喪也通達也猶以事奪伏以大行皇帝道成鑄鼎黃帝采首山銅鑄鼎於荆山下鼎既成有龍垂胡頿下迎黃帝帝騎仙等御龍

羣臣後宮從上龍七十餘人、萬姓長號九有顒望陛下以
聰明睿聖嗣守寶圖爰及宅憂書王宅憂諒陰三祀宅居
也追茲累日而孝思罔極詩永言孝思又曰欲報之德昊天罔
極尚輟乃雍之言書高宗諒陰三年不言言乃雍庶政未釐
頗闕如絲之命王言如絲其出如綸臣等嘗覽載籍粗
知喪紀若成周顧命成王將崩命召公畢公率諸侯相康王作顧命
歷代猶遵西漢詔音漢文帝將崩有遺詔以令天下以日易月。一
本云西漢遺詔前王所奉我國家以孝理天下文明
應期上用此法胥以傳授蓋事歸至當則不

可不遵禮貴從宜禮記禮從宜則不得不守理固
然也臣等是以上陳愚懇輕瀆宸嚴冀遂血
誠俯親國政而陛下執喪逾切聽理未聞億
兆嗷嗷不知所訴臣以爲天子之孝在於保
安社稷司牧烝黎功超百王慶流萬代亦何
必守臣下之小節蔑皇王之大猷固阻羣情
務成謙德伏願以遺詔爲念奪在疚之懷就
臨軒之制天下幸甚

第三表

伏以萬機至重遺旨難違再獻表章上塵旒
扆（旒謂冕旒扆謂斧扆）精誠徒竭天意未迴内外遑遑
人神企望臣聞王者之孝異於匹夫禮不相
沿道資適變當承平之代故殷帝宅憂而不
言遇有事之時則周王未葬而誓衆（周王謂武王也）
況今戎車猶駕邊候多虞兩河之寇盜難除
百姓之瘡痍未合亂者思理危者求安天下
嗷嗷正在今日誠宜抑其至性以副羣心成
先帝之大功繼中興之盛業豈可寢苫啜泣

詩啜其泣矣何嗟及矣庶政闕然九廟之靈何報萬方之望何塞臣等職參樞近誠切邦家若陛下未忍臨軒尚持前志臣等有死而已不敢奉詔不勝哀迫懇切之至

賀踐祚表此表順宗即位之日公代一節鎮作也

臣某言太子中舍嚴公弼至嚴公弼山南西道節度使震之子正元五年中第奉某月日敕書慰諭伏承陛下以某月日虔奉典冊允昇寶位正元二十年正月癸巳德宗崩丙申順宗即位凡在羣生孰不慶幸臣某誠懽誠抃

頓首頓首臣聞天地泰而聖人出雷雨解而
品物榮解下監切是以五行迭用木火更其位十
葉重光宗廟輔其德殷宗龔黙再開成湯之
業漢文聰明克承高祖之緒陛下重離出曜
體乾繼統主鬯彰孝恭之美撫軍著神武之
功左傳行曰撫軍守曰監國欽奉遺訓奉一作承永保鴻業遏
容之中施雨露以被物遐邇之地覩日月之
繼明則四維之外八極之表人神胥悦草木
皆春煦嫗生成以氣曰煦以體曰嫗上呼句切下於武切不失覆

載況臣謬膺藩守累受國恩爰自出身洎乎
領鎮沭浴聖澤優游昌時不獲覲闕庭之禮
展臣庶之分戴天賀聖倍萬恒情

禮部賀改永貞元年表 此乃憲宗即位改元之表也正元二十一年正月順宗即位八月立皇太子爲皇帝是爲憲宗改元永貞公是時爲禮部郎官之作

臣某等言伏奉今日詔今月九日冊皇帝改
貞元二十一年爲永貞元年自貞元二十一
年八月日昧爽以前應犯死罪特降從流流

已下遁降一等者（正元二十一年八月庚子順宗制令太子即皇帝位朕稱太上皇制敕稱誥辛丑誥改元永貞元年）寶命方始聖曆用彰載宣臨照之明遂施渙汗之澤臣某等誠慶誠賀頓首頓首伏以重光下濟積慶旁行漢祖推奉教之尊（漢高帝六年五月丙午詔曰父有天下傳歸於子子有天下尊歸於父朕被堅執銳平暴亂立諸侯皆太公教誨也今尊太公曰太上皇）文王遂無憂之志（無憂者其惟文王乎以王季為父以武王為子）正名紀曆（名一作明）表運行於萬方宥過輕刑流汪濊於四海（濊音穢）歡呼抃蹈遐邇攸同臣某等親奉

聖謩仰承大化踴躍之至倍萬恒情無任蹈舞欣慶之至

禮部太上皇誥宜令皇帝即位賀表 順宗立皇太子爲皇帝自稱曰太上皇皇帝即憲宗也公在禮部作此表

臣等言伏奉今日 順宗立嗣永貞元年八月庚子 太上皇制命陛下即皇帝位光奉寶圖丕承鴻業溥天率土慶躍難勝臣某等歡喜誠抃頓首頓首

臣聞皇建其極抒諸大訓 大訓謂書洪範 帝出于震

著在易經繼明以照于四方易大人以繼明照于四方重
熈以臨於萬國動植品彙永賴昭蘇山川鬼
神咸用欣戴臣某等獲備班列親仰聖明踴
躍之誠倍萬恒品無任抃躍喜慶之至

禮部賀立皇太子表公爲禮部郎官時作

臣某等言伏奉今月二十四日制廣陵郡王
宜冊爲皇太子改名某順宗貞元二十一年三月二十四日立子廣陵王淳爲太子改名純即憲宗也仍令所司擇日備禮冊命
者天序有奉皇圖載寧臣某等誠慶誠賀頓

垂祉

首頓首臣聞尚書載以貞之文書一人元良萬邦以貞漢史傳早建之義漢文帝元年有司請蚤建太子不唯立愛書立愛惟親期在繼明易大人以繼明照于四方陛下奉率前規敷揚盛典顧茲守器之重易守器者莫若長子爰正承華之位承華太子宮名尊義方之教左傳愛子教之以義方弗納于邪載錫嘉名離騷皇鑒揆予于初度兮肇錫余以嘉名此謂攸名爲純也崇建樹之禮式光典命以長而立春秋傳立嫡以長不以賢自符於慎擇必子之選遂合于至公邦本不搖王業彌固此皆宗社啓祐皇心乾坤

合謀保安聖運足以播休氣於四海洽大和於萬靈食毛含齒所同歡慶臣等奉承制命蹈舞周行踴躍之誠倍百恒品無任慶抃感悦之至謹奉表陳賀以聞

禮部賀皇太子冊禮畢德音表（此表公爲禮部郎官時作）

臣某等言伏奉今日制皇太子冊禮云畢思與萬方同其惠澤者（貞元二十一年四月戊申詔曰冊禮云畢感慶交懷思與萬方同其惠澤赦京城繫囚大辟降從流流已下減一等）盛典斯舉

鴻恩遂行凡在率土不勝抃躍臣某等誠喜
誠賀頓首頓首伏惟皇帝陛下克奉神休以
正邦統建天下之本宗廟以安致萬國之貞
兆人攸賴典冊既備慶澤載流既廣愛而推
恩亦好生而布德緩刑而圖圄知感進勳而
嗣續增榮詔曰文武常參并州府縣官子爲父後者賜勳兩轉崇教諭
之方忠良是舉詔云古之所以教太子必茂選師傅以翼輔之法於訓辭而行其典禮左右前後罔匪正人是以教諭而成德也給事中陸質中書舍人崔樞積學懿文守經據古夙夜講習庶叶于中金充皇太子侍講嚴贊襄之禮襄一

作相賜與有加旌孝悌以厚於人倫詔曰天下孝子順孫先旌表門閭者委所管州縣各加存卹敬鬼神而修其祀事況

行禮之日則屏翳收蹟屏翳雲師也太陽宣精用

彰出震之休易帝出乎震更表重離之曜神化旁

暢皇風遠揚自華及夷與俗同慶臣等謬叅

著定著定位序也倍百恒情無任歡慶踴躍之至

爲王京兆皇帝即位禮畢賀表王京兆謂

王權也正元二十一年二月自鴻臚卿爲京兆尹憲宗即位公

爲代作賀表下又有代作賀表凡六首

臣某等言臣聞大人繼明百神所以受職天子有道左傳天子有道守在四夷萬國由是承風伏以皇帝陛下纘聖垂休順時御極負扆而外朝夷夏明堂位天子負斧扆南面而立注云負背也扆戶牖間也○扆隱豈切踐祚而統和天人踐履也幽明感通遐邇昭泰遂使祥光下燭嘉氣旁通周王謝流火之符書武王渡孟津白魚入于王舟有火復于王屋流而爲烏魯史愧書雲之典左傳僖五年凡分至啓閉必書雲物爲備故也食毛含齒食毛者食土之毛也歡抃無窮臣某等幸覩昌時獲奉大慶踴躍之

至倍萬恒情無任蹈舞欣躍之至

代韋中丞賀元和大赦表 此表憲宗即位之明年改元大赦公到永之初與刺史韋君作也公在永凡十年歷刺史者六人韋其姓者二而其名不可考

臣某言伏奉正月二日制大赦天下永貞二年宜改元和元年太陽既昇煦育資始霈澤斯降霈普蓋切膏潤無遺臣某誠慶誠賀頓首頓首伏惟皇帝陛下仁化旁流孝理弘闡紀元示布和之令周禮正月之吉始和布政于邦國都鄙肆眚見恤

人之心（書眚災肆赦莊二十二年春秋云正月肆大眚）曠然滌瑕得以遷善渙發大號申明舊章農有薄征（薄征緩刑施舍以責）市無强價（左傳價作估買也）勲勤是録爵秩以班寵寧間於幽明澤必周於夷夏近甸輕權酤之入遠人忘水旱之灾既行慶於官僚亦推恩於天屬諸生喜黌塾之廣庶老加絮帛之優量入所以備凶與廉期於變俗爰褒有客尊賢之典惟新載奉素王宗予之道斯在綸言一降庶政畢行懷生之倫感悅無量臣

某等守在遐遠親奉詔條踴躍之誠倍百恒

品無任感恩抃舞屏營之至

禮部賀冊太上皇后表永貞元年八月順宗乃立其皇太子爲皇帝自稱曰太上皇立娣王氏爲太上皇后今表所賀即此也董氏冊太上德妃本紀不載公時尚在禮部時云

臣某等言伏奉今月日詔良娣王氏冊太上

皇后良媛董氏冊太上皇德妃宜令所司備

禮冊命者永貞元年八月辛丑太上皇誥曰良娣王氏家承茂族德冠中宮雅修彤管之規克佩姆師之訓自服勤蘋藻祗奉宗祧令範益彰母儀斯著宜正長秋之位

以明繼體之尊良媛董氏備立後庭素稱淑
慎進升號位禮亦宜之良娣可冊爲太上皇
后良媛宜冊爲太上皇德妃母儀有光坤道
仍令所司備禮擇日冊命
克順陰教方行於萬國內理克和於六宮周禮
內宰以陰禮教六宮以陰禮教九嬪於六宮
禮記天子后立六宮三夫人九嬪二十七世
婦八十一御妻以聽天下
之內治。一本克字作巳臣某等誠慶誠賀
頓首頓首伏惟皇帝陛下對若天休奉揚睿
旨長秋既登其正位長秋皇后宮名褕狄亦被於恩
光內司服掌王后之六服禕衣褕狄闕狄鞠衣展衣緣衣素沙奉養見三
朝之安文王之爲世子朝於王季日三雞初鳴而衣服至於寢門外問內豎之御

者曰今日安否何如內豎曰安文王乃喜及日中又至亦如之及暮又至亦如之周旋有四星之輔史記天官書後宮四星末大星正妃餘三星後宮之屬豈獨酕乾稱大勛日爲明所以表王化之源知孝悌之本寇映千古儀刑四方臣某等捧戴施行踴躍無地無任蹈舞欣喜之至

禮部賀太上皇后冊畢賀表

臣某等言今月日太上皇后冊禮云畢率土臣妾慶抃無窮臣某等誠慶誠賀頓首頓首

伏以太上皇后著虞嬪之至德書釐降二女于嬀汭嬪于

虞嬪婦也嗣周毋之徽音詩太姒嗣徽音徽美也表率六宫

明彰萬國陛下克修理本以暢化源神道知

事地之方因天事天因地事地人倫識尊親之大豈惟

婦順期備成婦禮明婦順又申之以著代所以重責婦順焉者也陰禮

用修足以播正始於王風詩周南召南正始之道王化之基一

本作國風致時雍於帝典臣某等謬塵榮位獲覩

盛儀踴躍之誠倍百恒品百一作萬

賀皇太子牋皇太子者憲宗也時公尚在南宫仆一藩臣作

此牋

某言伏奉日月制書正元二十一年四月癸卯立廣陵王爲皇太子殿下祗膺茂典位副青宮青宮東宮也神異經曰東方有宮青石爲墻高三仞門有銀榜以青石碧鏤題曰天地長男之宮温文光三善之名禮記行一物而三善皆得者唯世子而已其齒於學之謂也其一知父子之禮其二知君臣之義其三知長幼之節繼照協重離之慶易明兩作離大人以繼明照于四方萬葉固本羣方宅心含生之徒孰不欣戴况某夙蒙獎職在藩方懽抃之誠倍萬恒品

御史臺賀嘉禾表公於貞元十九年尚爲監察御史及

至二十一年方遷禮部員外郎當時爲御史時作

臣某言今月日宰臣以幽州所進嘉禾圖各一軸（幽州節度使劉濟所進）示百僚者伏以嘉穀順成靈貺昭格天人合應遐邇同風臣某誠懽誠慶頓首頓首伏惟皇帝陛下睿謀廣運神化旁行植物知仁祥圖應聖靈岳不愆於贊祐（靈岳謂北岳也）燕谷用遂於生成（鄒衍在燕燕有谷地美而寒不生五穀鄒子居之吹律而溫氣至百穀生今名爲黍谷）豐稔既均知朔南之被澤（東漸于海西被于流沙朔南暨聲教訖于四海）休嘉克協見

天地之同和六穗𪏰稱於漢臣導一莖六穗於庖注導擇也一莖六穗謂嘉禾之米於庖廚以供祭祀也異畝耻書於周典唐叔得禾異畝同穎獻諸天子王命唐叔作歸禾嘉禾自中形外均慶同歡臣某謬職憲司獲覩休瑞無任抃躍之至

禮部賀嘉禾及芝草表公爲禮部員外郎時之所作也

臣某等言伏見今月某日內出劒南所進嘉禾圖劒南四川節度使韋皐所進及陜州所進紫芝草號陜觀察使崔宗所進示百寮者琛圖煥開瑞彩交映遐

邇偕至福應攸同臣某等誠懽誠賀頓首頓首伏惟皇帝陛下緝熙至道保合大和（易首出庶物保合大和）天惟發祥（濬哲惟商長發其祥）地不愛寶嘉禾擢質靈草抽英獻于王庭唐叔悳同潁之異（見上注）薦諸郊廟班史謝連葉之奇（漢書武帝紀甘泉宮生芝九莖連葉乃作芝房之歌以薦郊廟）既呈薿薿之祥（黍稷薿薿攸介攸止）更覩煌煌之秀豐年斯著聖壽用彰欽和之人懽抃無極臣某等優游至化披翫殊姿慶抃之誠倍百恒品

京兆府賀嘉瓜白兎連理棠樹等表當時公在藍田尉所作

臣某言今月日中使王自寧出徐州刺史張愔所進嘉瓜圖貞元十六年六月以徐泗濠節度使張建封之子愔爲徐州刺史節度觀察留後及白兎兒一并出陳許等州觀察使上官說所進許州連理棠樹圖貞元十五年八月以上官說爲陳許等州觀察使示百寮者惟天眷命皇天眷命奄有四海是降百祥作善降之百祥惟聖欽承用膺多福臣某誠慶誠賀頓首頓首臣伏以大和所蒸

至德斯應圖物獻瑞周於遠方神瓜合形式
表緜緜之慶緜緜瓜瓞異棠連質用彰韡韡之榮榮一作休況金風發祥白兔來擾擾馴也告有秋之
嘉應著成歲於神功雜遝紛綸遝音沓如山斯
委人晝登於壽域物咸暢於薰風況臣特感
深恩欣逢衆瑞踴躍之至倍萬恒情

禮部賀甘露表自此已下四表皆公貞元二十一年二月遷禮部員外郎掌尚書牋表時作

臣某言中使王自寧至伏奉宣聖旨出延和

殿前丁香樹甘露一大合示宰臣未時又出一大合令明日示百寮甘露見降未止者玄化昇聞靈貺昭荅必呈尤異之應以告天地之和臣某誠懽誠慶頓首頓首伏惟皇帝均煦育之功敷滲漉之澤司馬相如封禪頌注滲漉謂潤澤下究也大和潛達閟瑞克彰發於天霄特降宮樹朝光初燭方湛湛而不晞詩湛湛露斯匪陽不晞湛文減切畏景轉炎更瀼瀼而未已蓼被蕭斯零露瀼瀼綴葉而珠璣積耀盈罍而氷玉呈姿芳襲椒蘭味兼飴

醴（飴餳也，音怡）然則零其庭而著異（楊雄云昔二帝三王國家殷富上下交足故有甘露零其庭也）紀於年以標奇（漢宣帝元康元年甘露降未央宮大赦於是以紀其年）徒矜徃辰孰並兹日况樹有丁香之珎殿即延和之號所以著芳風之逺播期聖壽於無疆事絶古今慶傳遐邇臣謬承渥澤獲覩殊祥抃躍之誠倍萬恒品

禮部賀白龍并青蓮花合懽蓮子黄

爪等表（或江云京兆恐是）

臣某言伏見今月日内出滄州所進白龍見

圖又出西内定禮池中青蓮花并神龍寺前
合歡蓮子示百僚二十三日又出鹽州所進
合歡黃瓜圖者二氣交泰萬國同和動植思
協於殊祥遐邇畢呈其嘉應披圖按牒聖理
彰明臣誠懽誠慶頓首頓首伏以天地非遠
睿感必通疊瑞重祥累集宫禁池蓮表異靈
化非常敷彼青光徵佛書而尤絶成其嘉實
驗祥經而甚稀積慶旁流自中徂外遂使龍
騰白質乘秋果應於金行瓜合黃中表聖更

和

彰於土德遠通邊徼（邊徼謂滄州也）近出苑園（謂定禮池也）合慶同歡周於億兆況復邦畿之内雨霽必時宿麥大穰嘉穀滋茂和風孕秀靈氣陶蒸是皆發自帝心達於天意周流升降成此嵗功惠彼羣生自爲嘉瑞臣某深惟多幸獲遇斯時覩靈貺之備臻知人之溥洽無任慶抃躍蹈之至

禮部賀白鵲表

臣某言伏奉進旨宣示前件白鵲者霜毛皎

潔玉羽鮮明色貫殊常性惟馴狎臣聞聖王之德無所不至有感則應無幽不通伏惟陛下恩霑動植仁洽飛翔故得兹禽呈休效質伏以白者正色實表金方鵲以知來（淮南子乾鵲知來而不知往）式彰寇服用符歸化之兆克耀太平之階臣職參禁垣獲覩嘉瑞無任慶抃之至

禮部賀嘉瓜表

臣某等今日内出浙東觀察使賈全（正元十八年正月以常州刺史賈全爲浙東觀察使）所進越州山陰縣移風鄉

百姓王獻朝園内産嘉瓜二實同蔕圖示百寮者寶祚惟新正元二十一年正月丙申順宗即位嘉瑞來應式彰聖德更表天心臣某等誠慶誠賀頓首頓首伏惟皇帝陛下保合大和緝熙庶類德馨上達書黍稷非馨明德惟馨神化旁行易神而化之使民宜之嘉瓜發祥來自侯服貭惟同蔕見車書之永均地則移風知化育之方始雖七月而食函上歌王業之難詩七月陳王業也周公遭變故陳后稷先公風化之所由致王業之艱難也七月食瓜八月斷壺又大戴禮五月啗瓜七月食瓜五色稱

珍東陵詠嘉賓之會漢邵平故爲秦東陵矦秦破爲布衣種瓜長安城東瓜美世號東陵瓜阮嗣宗詩昔聞東陵瓜近在青門外連畛距阡陌子母相鉤帶五色曜朝日嘉賓四面會未聞感通若斯昭著者也臣某等遭逢聖運親仰珍圖抃躍之誠倍百恒品無任慶忭之至

爲王京兆賀嘉蓮表王京兆者王權也已見上賀皇帝即位表題注

臣某言今日某時中使某奉宣聖旨出西内神龍寺前水渠内合權蓮花圖一軸示百寮

沈約宋書

者祥圖煥開異彩交映贊天地之合德表神人之同懽臣某誠懽誠慶頓首頓首伏惟皇帝陛下道協重華書重華協于帝慶傳種德臯陶邁種德李氏臯陶之後故云陶陰陽之粹美孕造化之精英吉慶每見於天心發祥必自於禁掖是使雙華擢秀連蔕垂芳香激大王之風宋玉云此獨大王之風也影耀天泉之水文帝永嘉二十一年天泉池花蓮同幹煥開宮沼旁映給園謂給孤獨園指言神龍寺靈貺應期天龍護聖寶曆瓊夏超於小刧神功永洽於大千臣某

獲覩昇平濫居榮寵聞瑞應而稱慶仰續事而增歡論語繪事後素繪或作續無任抃蹈喜躍之至

爲王京兆賀雨表一

臣某言臣昨日面奉進旨以近日少雨今月内無雨即須祈禱今日便降甘雨者天且不違易天且不違而況於人乎神必有據密雲與綸言繼發時雨將天澤並流臣某誠懽誠慶頓首頓首伏惟皇帝陛下憂切蒸黎慮深稼穡思彼未兆防於無形滲漉每出於湛恩變化亦隨於

廣運宸衷暫惕已矯御天之龍易時乘六龍以御天聖謨既宣遂洽漏泉之澤吾丘壽王曰德澤上周天下漏泉霮霴周布霮霴黑雲也上徒感切下音隊霏微四施黍稷盡成公私皆及詩雨我公田遂及我私野夫鼓舞知帝力之玄通官吏歡呼見天心之默喻臣某牧人京邑動仰皇靈渥澤徒加消滴無助無任感恱屏營之至

王京兆賀雨表二

臣某言伏見今月二十四日時雨溥降伏以

聖心積念天意遽廻移造化之玄功革陰陽之常數臣某誠懽誠抃頓首頓首皇帝陛下仁育蒼生恩同赤子自頃天雨未降時稼或憊賑食齋戒至誠幽達又慮宿麥無備播種失時出於宸衷將令賑貸睿謨潛運甘雨遂周布濩譙陰相如云匪惟雨之又潤澤之匪惟偏之汜布護之布護布遍也隨聖澤而俱遠滂沱積潤與恩波而共深臣某才術無聞謬司邦甸生成必資於帝力進退何補於天工天工人其代之沭浴大和慙荷無極

無任慶躍屏營之至

王京兆賀雨表三

臣某言今月十三日面奉進旨緣自春來少雨宜即差官精誠祈禱者十四日臣便差官分赴靈跡其日雲陰四合至十五日甘雨遂降伏惟皇帝陛下言爲神化動合天心未成旱暵之虞已積憂勤之慮衆靈受職薈蔚且躋於南山詩薈兮蔚兮南山朝隮百穀仰榮左傳猶百穀之仰膏雨也滂霈遂沾於東作睿謨朝降膏澤夕周知

天人之已交，識陰陽之不測。然則周王徒勤於方社，詩以我齊明與我犧羊以社以方我田既臧謂有事於山川也○一本作方岳殷帝虛美於桑林，呂氏春秋昔殷湯克夏五年不雨湯乃以身禱於桑林剪其髮𠜾其爪以爲犧用祈福於上帝豈若無灾而早圖，未禱而先應。化超前聖，道貫重玄。徧野同歡，傾都相慶。臣之欣躍，倍萬恒情。

王京兆賀雨表四

臣某言：臣於三月二十九日奉進言於諸靈跡處祈雨，至三十日甘雨遂降者。臣聞惟聖

有作先天不違發令而祥風已興班固傳云習習祥風祁祁甘雨致誠而玄液旋被臣某誠歡誠賀頓首

頓首伏惟皇帝陛下側身防患道邁周王詩江漢仍叔美宣王也宣王遇災而懼側身修行欲銷去之盡力勤人功超夏后禹卑宮室而盡力乎溝洫聖謨廣運驅百靈以從風神化旁行滋五稼而流澤五稼五穀也油雲四合天油然作雲沛然下雨膏雨溥周芃芃黍苗陰雨膏之農壤遂一於肥磽滲漉盡霑於遐邇蒸黎詠德知必自於聖心草木欣榮如有感於皇化有年之慶

實在於斯臣以無能謬領京邑上勞宸慮運此歲功無任喜懼屏營之至

賀親自祈雨有應表五一本或亦以爲代王京兆然觀表言得上都院官金部員外郎韓述狀報必代外州刺史作也

臣某言臣得上都院官金部員外郎韓述狀報以時雨未降親自於龍堂祈禱有靈禽羣翔自成行列如隨威鳳漢宣帝神爵元年詔日南鄉獲白虎威鳳爲寶晉灼日威鳳鳳之有威儀者以翼龍舟其日降雨者中謝

伏以時武儆陽（左傳冬無愆陽夏無伏陰）歲之常候式當聖日無害豐年陛下敦本務農憂人閔雨宸慮所至天心自通故得瑞鳥迎州掩商羊之舞（家語齊有一足之鳥舒翅而跳齊侯遣使訪孔子孔子曰此鳥名商羊昔童謠云天將大雨商羊鼓舞其應至矣將有水災）仙雲覆水協從龍之徵（雲從龍風從虎）礿泛洒於上官遂滂霈於率土自中祖外皆荷生成雨公及私（詩雨我公田遂及我私私謂私田也）靡不碩茂殷后徒勤於自翦（見上注）周公空媿於舞雩（周禮春官女巫戒歲旱暵則舞雩）臣以庸虛謬司垣

翰有年之慶惟聖之功臣某不任云云

河東先生集卷第三十七

東吳部兩
鵰校書梓

河東先生集卷第三十八

表

爲裴中丞賀克東平赦表 裴中丞桂管觀察使裴行立也

臣某言：伏奉月日德音，以淄青蕩平，褒功宥罪，布告遐邇者。元和十四年二月，淄青都知兵馬使劉悟斬其節度使李師道以降。師道所管淄青、登、萊、沂、密、鄆、曹、濮、齊、兗、海十二州皆平。詔天下繫囚死罪降從流，流已下並放。臣聞肅殺之後，每致陽和；雷霆既施，必聞膏澤。中謝。伏惟陛下體乾剛以運行，協坤元之翕闢（易曰至哉坤元又曰坤其靜也翕其動也闢是以廣生焉）百靈受職（百靈百神也）六合從風（天地四方曰六合）阻兵怙亂者（左氏傳云州吁阻兵而安忍阻恃也）必就梟擒懷忠抱義者無不甄録（甄陶甄也居延切）激其效順特加旌節之榮（是月以悟為義成軍節度使）寵以元功遂兼鼎鉉之任（謂田弘正加檢校司徒同中書門下平章事弘正亦討師道者故有是命易曰鼎玉鉉鉉鼎耳也胡犬切）戎行窮賞賚之重（賞賚賜予也○行胡剛切）死事極褒卹之優刼脅之役盡除聚斂之名皆去傷痍受賜老疾加恩豐財已復其征徭（復其征徭）

謂復除徭役也 賜種更盈於穜稑 詩黍稷穜稑先種後熟曰穜後種先熟曰稑○上音童下音陸 嚴山川之祀神必有依中義烈之家物無不感周王推忠厚之化 詩周家忠厚仁及草木 漢帝慭愷悌之風太平之德斯爲至盛 一作太平之業既崇中典之德斯至 然則虞巡可復 書五載一巡守 告成將慶於岱宗 書歲二月東巡守至于岱宗柴岱宗在兗州而兗屬淄青今兖州既復故及之 漢典方行 漢武帝元封元年登封太山應邵云功成治定告成于天漢典謂此也 講禮再榮於闕里 漢章帝元和二年東巡守過魯幸闕里以太牢祠孔子淄青蓋魯國之地也故云 臣謬膺重寄獲覩

大和（易曰保合大和）抃蹈之誠倍萬恒品謹已施行郡邑宣示軍戎莫不動地歡呼若醉千鍾之酒（孔融與魏武書曰堯非千鍾無以建太平孔非百觚無以堪上聖）騰天鼓舞如聞九奏之音（周禮鍾師注云王出入奏王夏尸出入奏肆夏牲出入奏昭夏四方賓來奏納夏臣有功奏章夏夫人祭奏齊夏族人侍奏族夏客醉而出奏陔夏公出入奏驁夏是爲九奏）無任慶賀踴躍之至

柳州賀破東平表（破李師道）

臣某言卽日被觀察使牒（桂管觀察使牒也）李師道以月日克就梟戮者帝德廣運（大禹謨全文）唐命

惟新詩周雖舊邦其命惟新霾曀廓清詩終風且霾終風且曀霾雨土

曀陰而風也○霾音埋又莫拜切曀音翳天地貞觀易天地之道貞觀者也

率土臣庶慶抃無涯中謝伏惟睿文聖武皇帝

陛下威使百神德消六沴五行傳云凡六沴之作說曰氣之相

傷謂之沴六沴六事之沴也○沴音戾俗作沵天降寶運時歸太平

自克夏擒吳夏謂夏綏銀節度使楊惠琳吳謂鎮海節度使李錡翦蜀

平蔡蜀謂西川節度留後劉闢蔡謂淮西節度吳元濟殊類稽顙羣

疑革心唯此兇妖尚聞悖慢庭議既得廟謨

必殲旌旗燭耀於洪河金鼓震驚於靈嶽靈嶽

太山鄆城自潰寧同莒魯之爭左傳昭元年莒魯爭鄆爲日久矣二十九年十月鄆潰此謂師道初治鄆州城塹修守備而其將劉悟乃與諸公巻旗東甲還入鄆州以求效順故也齊地悉平無俟耿陳之戰漢光武初興時長安政亂張步起琅邪五年帝乃遣耿弇率劉歆陳俊三將軍討之戰于臨淄步衆大敗步乃斬蘇茂以降弇復引兵至城陽降五校餘黨齊地悉平琅邪臨淄即青海二州之屬邑也五兵永戢周禮司兵掌五兵五盾七德無虧左傳武有七德我無一焉含生比堯舜之仁董仲舒策堯舜行德則民仁壽率土陋成康之俗晏本更有伏以舜念克勤禹思受益無疆惟鄙既聞致理之方靡不有初願獻持盈之誠六句介丘霧息巳望翠華之

來介丘太山選南都賦望翠華之葳蕤注翠華車蓋也沂水風生更起舞雩之詠沂水屬沂州亦淄青十二州之一也論語浴乎沂風乎舞雩詠而歸千歲之統司馬遷自序曰今天子接千歲之統封太山而余不得從行實在於斯臣守在蠻荒獲承大慶抃蹈之至倍萬恒情

代裴中丞賀分淄青爲三道節度表

臣某言伏見某月日制分淄青諸州爲三道節度都團練觀察等使者元和十四年二月命戸部侍郎楊於陵爲淄青宣撫使令分師道所管十二州爲三道於陵按圖籍視土地遠近計士馬衆寡

校倉庫虚實使之適均以鄆曹濮爲一道淄青齊登萊爲一道兖海沂密爲一道此三道之所以分也虵豕之穴左傳吳爲封豕長虵荐食上國忽爲樂郊詩逝將去汝適彼樂郊氛沴之餘盡成和氣伏惟皇帝陛下天付昌期神開寶曆復昇平之土宇拔妖孽之根源自西自東不違於指顧我疆我理詩我疆我理東南其畝咸得其區分山川備臨制之形道途適征徭之便俾侯既定詩俾侯于魯大啓尒宇賜履以寧左傳僖四年管仲曰昔召康公命我先君太公曰五侯九伯女實征之以夾輔周室賜我先君履東至于海西至于河南至于穆陵北至于無棣異青

兖之封爰從古制解曹衛之地實契雅謀左傳僖二十八年晉文公分曹衛之地以畀宋人○一作新謀車甲永藏馬牛勿用俗被雍熈之化代知仁壽之期農事載盛於耨芟儒風重興於俎豆足使季札觀魯更陳南籥之儀左傳襄公二十九年吴季札聘魯請觀周樂見舞象箾南籥者曰美哉猶有憾按注云南籥以籥舞也文王之樂此言魯地自是有禮之可觀也山甫徂齊復正東方之賦詩烝民王命仲山甫城彼東方仲山甫徂齊式遄其歸注東方齊也蓋去薄姑而遷於臨淄臨淄已見上注臣揔戎遠地不獲陪賀闕庭云云

爲韋侍郎賀布衣竇羣除右拾遺表

新舊史皆云擢羣爲左拾遺而諸本皆題云右拾遺未知孰是

臣某伏見今月日制除布衣竇羣右拾遺者羣字丹列京兆金城人以處士隱於毗陵十蘇州刺史韋夏卿薦之朝并表其所爲書數篇不召貞元十六年十一月夏卿爲京兆尹復言之十八年三月召羣爲左拾遺按羣傳云陛下即位二十年始自草茅擢臣爲拾遺蓋自大曆十四年巳未至貞元十四年戊寅德宗即位爲二十年臣聞直道之行也論語孔子曰斯民三代之所以直道而行也四方嚮德逸人是舉子曰舉逸民天下之民歸心焉天下歸心中謝臣伏以竇羣肥遯居貞易肥遯無不利又曰

遯亨小利貞肥優也包蒙養正易包蒙吉又曰蒙以養正聖功也學術

精果操行堅明讚詠道眞以求其志臣頊守

藩服謂在蘇州特所委知及歸朝廷輒有聞薦庶

逃竊位之責孔子曰臧文仲其竊位者與知柳下惠之賢而不與立也以

塞曠官之尤書無曠庶官曠廢也豈謂天聽曲從瞽言

無廢況諫諍之職政化是繇擢於布衣久無

其比周行慶抃詩嗟我懷人寘彼周行周行列位也林藪震驚

晦迹寧慮於遺賢書野無遺賢懷才盡思於展效

臣以性本庸踈動無裨益唯思進拔以報恩

榮區區懇誠實貫金石言而不廢孔子曰君子不以言取人不以人廢言微臣敢竊於薦雄揚雄傳贊雄年四十餘自蜀來京師大司馬車騎將軍王音奇其文雅召以爲門下吏薦雄待詔德必有鄰語曰德不孤必有鄰鄰謂朋鄰聖代式光於尊隗史記燕昭王欲厚幣以招賢者謂郭隗曰誠欲得賢士與共國以雪先王之耻隗曰王必欲致士先從隗始況賢於隗者豈遠千里哉○代一作攻自羣受命冀復面陳迫以疾病接於休假注心蓄念寤寐兢惶無任喜躍屏營之至

爲樊左丞讓官表樊左丞或作韋左丞

臣某言伏奉今月二十八日制除臣尚書左丞寵命俯臨慙顔自失泛大鯨之海但覺魂搖戴巨鼇之山

列子渤海之東有無底之谷其中有五山焉常隨潮波上下帝恐流於西極乃命番彊使巨鼇十五舉首而戴之五山始峙而不動

未如恩重

中謝

臣聞尚書百揆翊亮萬機故天上尊北斗中樞陛下有南宮左轄

李固策曰陛下之有尚書猶天之有北斗也北斗爲天喉舌尚書亦爲陛下喉舌左轄即左丞

晉昇孔坦諒直當時

孔坦字方平咸和初爲尚書左丞深爲臺中之所敬憚卒贈光祿勳謚曰簡諒

漢拜楊喬閑練故事

後漢楊喬桓帝時爲尚書後以黨錮坐獄貫處

等上䟽曰尚書郎楊喬等文質彬彬建明國典陛下乃委任近習專任饕餮宜以次貶黜信任忠良於是帝意稍解庲得百僚有憚於會府諸侯取法於京師臣實謏才謏小也禮記足以謏聞先烏切謬登清貫握蘭起草漢官儀尚書郎主作文書起草直於建禮門內懷香握蘭趍走於丹墀昔紊朝經剖竹頒條漢文帝初與郡守爲竹使符以竹箭五枚長五寸鐫刻篆書第一至第五各分其半右留京師左以與之故云剖竹又武帝初置部刺史掌奉詔六條察訪近貽人瘼音莫備歷中外無聞聲彩版圖再緝貢賦未均於九州謂爲戶部尚書銅印更操威儀不檢於三署蔡質漢儀曰尚書郎初從三署試初

上臺稱守尚書郎中歲滿稱尚書郎三年稱侍郎次郎補闕豈易其人聖主求才宜難此受竊謂旁求俊乂書旁求俊乂啓迪後人側訪瓌奇瓌古回切必使德合準繩言成綱紀興化致理時無間言況安上必在於薦賢危身莫踰於曠職黛幪垂收紫渙紫渙謂詔書也舊傳武都紫泥用封璽故詔有紫泥之名今階州故武都山水皆赤爲泥正紫色然泥安能作封當是用爲印色耳渙者取易渙汗其大號之意○今本作紫綬非俯矜丹誠愚臣保陳力之言孔子曰陳力就列不能者止聖鑒有責成之地無任靦冒惶悚之極靦他典切謹詣朝

堂奉表陳讓以聞臣所讓人別狀封進

爲王戸部薦李諒表正元二十一年五月以王叔文爲戸部侍郎職如故

臣某言臣聞知賢必進忠臣之大方擇善而居一作卑明主之要道況臣特受恩遇超絶古今報國之誠寤寐深切是敢竭愚臣之微分助陛下之至明恢張羽儀弘輔治化臣某誠惶誠恐頓首頓首竊見新授某官李諒清明直方柔惠端信強以有禮敏而甚文敏一作幹求

等

之後來略無其比臣自任度支副使正元二十一年三月以叔文爲度支鹽鐵副使以諒爲巡官未及薦聞至某月日荆南奏官敕下赴本道諒實國器合在朝行臣之所知尤惜其去伏望天恩授以諫官使備獻納冀他日公卿之任斯焉取斯則聖朝無乏士之名微臣緩蔽賢之罰漢武帝詔進賢受上賞蔽賢蒙顯戮無任誠懇屏營之至

爲戶部王叔文陳情表叔文本傳言叔文母死匿喪不發置酒翰林自稱親疾病今當請急左右竊語曰母死已

屬方留此將向為此表即為叔文請急者也

臣某言臣母劉氏今月十三日貞元二十一年六月庚戌忽患瘖風發動瘖一作喑狀候非常今雖似退猶甚虛惙都活切驚惶憂苦不知所圖臣唯一身更無兄弟侍疾嘗藥難闕須臾伏乞聖恩停臣所職令臣見在家扶侍其官吏等並已發遣訖臣以庸微特承顧遇拔自卑品委以劇司夙夜兢惶唯思荅效至誠至懇天聽所知豈慮未效消塵遽迫方寸蜀先主南奔諸葛亮徐庶並從為曹

公所追獲康毋廣辭先主而指其心曰本欲與將軍共圖伯業者以此方寸之地也今失老母方寸亂矣以開塞重輕之務謂爲度支鹽鐵轉運副使加焦勞憂灼之懷雖欲徇公無由枉志況忠孝同道臣子之心許國誠切於死生報親忍忘於顧復詩顧我復我進退窮蹙昧死上陳候母劉氏疾疢小瘳冀微臣駑蹇再效一本無此兩句無任惶懼懇倒嗚咽之至是月丁丑叔文以母喪去位

代裴中丞謝討黃少卿賊表按史正元十五年黃洞首領黃少卿攻邕管等州經略使孫公器請發嶺南兵

討之德宗不許元和間曰黃承慶曰黃少度曰黃昌瓘皆迭起爲患桂管觀察使裴行立與容管經畧使陽旻爭欲攻討憲宗許之新史行立傳謂黃家洞蠻叛行立討平之而資治通鑑則曰行立旻竟無功其牴牾如此

臣某云云即日奉事官米蘭迴伏奉手詔云云者元和十四年詔桂管觀察使裴行立討黃洞蠻黃少卿臣聞膚革既平雖疥癬而必去國語申胥諫吳王夫差曰今王非越是圖而齊魯以爲憂夫齊魯譬諸疾疥癬也豺狼已斃在狐鼠而宜除漢書孫寶傳侯文曰豺狼當道安問狐狸臣某中謝伏惟元和聖文

神武法天應道皇帝陛下受命上玄底寧下

土兇渠盡殄威武載揚蠢爾腥膻尚聞淩暴

靈旗斜指漢武帝爲伐南越告禱太一以牡荊畫幡日月北斗登龍以象天一三星爲泰一鋒名曰靈旗爲兵禱則太史奉以指所伐國銅獸俯臨漢武帝二年初與郡國爲銅虎符第一至第五國家三當發兵遣使者至郡合符符合乃聽受之

軍知必勝之方萬姓喜永清之路書曰永靖四海微

臣忝司戎律親列顔行漢嚴助傳如使越人蒙死徼幸以逆執事之顔行注云顔行猶鴈行在前行故曰顔也○行戶郎切躡伏波之舊規漢光武建武十八年遣伏波將軍馬援擊交趾賊徵則等乘下瀨之故事

漢武征南越東甌有伏波樓船下瀨横海之號元鼎五年遣伏波將軍路博德出桂陽下湟水甲為下瀨將軍下蒼梧注甲故越人歸漢者也瀨湍也吳越謂之瀨桂陽蒼梧皆隸嶺南所謂黄賊正為患於嶺嶺南耳○瀨音頼盡瘁事國詩曰或燕燕居息或盡瘁事國期畢命於戈矛將受命之日不宿於家不宿於家思奮身於原野即以今日某時出師就道便披榛蹶石摩壘陷堅左傳宣十二年楚許伯曰吾聞致師者御靡旌摩壘而還注云摩近也蕩清海隅永息邊徼徼境也居又切竊以材非充國敢自贊於無踰漢神爵元年西羌犯塞時充國年七十餘上老之使御史大夫邴吉問誰可將者充國曰無踰於老臣者矣志慕

孟公庶追蹤於不伐論語孟之反不伐奔而殿注魯大夫孟之側與齊戰軍大敗不自伐其功故獨殿後也謬承重委寵寐兢惶無任感恩隕越之至

爲裴中丞舉人自代代黃賊表

伏以某官器宇端方風姿詳雅謙虛內敏籌略共推前佐湖南悉心匡佐後歷郡掾深負政聲惠愛在人蘄邪屏息勤勞巳著幹蠱無倫蠱事也易幹父之蠱今黃賊尚據荒陬大巢未覆黨

以某代某之任必能掃蕩氛祲○氛祲妖氣也祲子鴆切

廓清海濵竊惟斯人雅堪厥職云云

爲崔中丞請朝覲表代管桂觀察崔詠作或以爲崔能非是據能傳元和六年爲黔中觀察使長慶四年爲嶺南節度使初不爲臨桂而長慶初則公已死矣當是崔詠無疑

臣歷刺三州詠累遷鄧州刺史連摠二府舊史憲宗元和五年以鄧州刺史崔詠爲邕管經畧使八年十二月復自邕管移桂管外任逾紀入覲無階就日望雲魂飛心注伏惟睿聖文武皇帝陛下覆載無私邇遐同致復昇平之故事繼前聖之高蹤中外踐更出入迭用臣

以虛薄叨受恩榮徒竭夙夜之心未申朝夕之敬傳曰朝不廢朝暮不廢夕天威咫尺左傳僖九年王使宰孔賜齊侯胙孔曰天子以伯舅耋老無下拜對曰天威不違顏咫尺小白余敢貪天子之命無下拜誠竊寐而無違雲漢昭回詩倬彼雲漢昭回于天固瞻仰而何及是以前在朗寧朗寧邕州封章累上及移臨桂臨桂桂州星紀屢周下卷有代上中書門下狀云理戎典郡十有四年頃在邕州累陳誠恐懇又云自領桂管又逾再周即謂此也蓋自八年十二月至十年是月爲再周矣微衷尚隔於戴盆司馬遷書云僕以爲戴盆何以望天積望徒懸於窺管莊子用管窺天用錐指地東方朔傳以管窺天

以蠡測海葵藿之誠彌切犬馬之戀逾深人欲天從書民之所欲天必從之於茲未驗下情上達終冀不誣敢黷宸嚴罄陳丹懇伏乞賜臣除替許至闕庭厠蹈舞於羣僚詩手之舞之足之蹈之備班行於散地足趁中禁目覩大明俾成九族之榮以盡百生之幸非敢竊國賓五獻之禮希康侯三接之恩易晉康侯用錫馬蕃庶晝日三接也一覲龍顔萬死爲足無任懇迫激切之至至十一年方以裴行立代詠爲桂管觀察使

代栁公綽謝上任表公綽字起之京兆華原人有傳

肅恭休命晨夜趨程祗荷寵私不遑寢食以月日到所部上訖云云憲宗元和六年六月公綽自御史中丞爲潭州刺史兼御史中丞充湖南觀察臣聞古之制爵祿者爵以居有德祿以養有功臣本書生正元元年四月公綽再中賢良方正直言極諫科臣不期達值某皇帝睿聖文武皇帝文明撫運書濬哲文明大闡玄猷搜采衆材幸忝甄錄甄察也居延切歷踐中外星霜屢移曾無涓塵上荅鴻造忘其薄陋委以雄藩顧無綏馭之能

謬忝澄清之寄公綽先爲西川節度判官召爲吏部郎中踰月拜御史中丞今又兼中丞爲觀察故云將何以敷宣皇澤普諭天慈唯當察慝以爲防視俗而爲教蠲除細故務安黎獻庶幾清靜無擾以慰遠人臣不勝忝冒荷恩之至

代李愬襄州謝上任表愬隴右臨洮人元和十二年夜入蔡州擒吳元濟十一月有詔進檢校尚書右僕射爲襄州刺史山南東道節度使然襄州與嶺表遼絕而公自柳州爲作謝上表恐非公之文

捧對絲綸禮記王言如絲其出如綸慙悸無地拜命兢悚不知所裁臣凡賤瑣材智略無取幸賴先臣緒業愬即西平王晟之子晟有大功於唐累忝國恩天澤曲流遂司節制元和十一年十二月愬自宮苑閑廐使拜檢校左散騎常侍兼鄧州刺史充隋唐鄧節度使寄深分閫任重專征顧無將領之才謬處衆人之上豈謂宸私軫念仁育爲心霈澤無涯德音屢降士衆感恍咸思竭忠遂得潛師暗入賊境不意兇渠就戮此皆聖謨豈敢叨天以爲己力左傳僖二十四年介之推曰竊人之財猶

謂之盜況貪天之功以爲己力乎仰荷殊造重於丘山臣以
月日上訖謹當敷宣皇化普諭聖慈綏撫三
軍乂安百姓冀以塵露上荅鴻私臣云云

代節使謝遷鎮表

鴻私曲臨獨越夷等祇荷明命寤寐不遑臣
才非器能謬膺仕進雖竭盡駑劣力效忠勤
冀寡僁尤敢望宦達某宗皇帝也德宗不以臣
儒術淺薄超授禮官尋遷正郎遂忝符郡某
皇帝也順宗不遺臣小善擢處諫曹叨承厚恩

備職藩翰顧惟瑣劣多慙負恩伏遇陛下憲宗也德紹唐虞無私庶政臣尸素歲久譴謫宜加豈冀褒昇更遷重鎮再忝澄清之寄仍同獻替之榮將何以上荅天慈下安氓庶臣當務修農稼率勵遠人鋤其姧慝以副勤恤無任云云

爲劉同州謝上表劉同州未詳德宗貞元十八年以同州刺史劉公濟爲鄜州刺史鄜坊丹延節度使豈即此人耶

臣某言伏奉某月日制除臣同州刺史兼本

州防禦營田長春宮使某月日到州上任訖臣初奉綸言震忭無極及臨所部驚懼逾深投軀莫報於乾坤陳力無裨於造化臣某誠惶誠恐頓首頓首臣出自諸生不習爲吏有恇懦之質（恇懦弱也上音匡下奴臥切）無區處之能託跡儒門乏仲弓南面之德（論語雍也可使南面雍字仲弓）委身郎署闕馮唐論將之對（漢書馮唐以孝著爲郎中署長文帝曰吾居代時吾尚食監高祛數爲我言趙將李齊之賢戰於鉅鹿下吾每飲食未嘗不在鉅鹿也父老知之乎唐曰齊尚不如廉頗李牧之爲將也云云）嘗懼叨冒清列

蕪穢聖朝豈意天聽忽臨鴻恩荐及八命作牧（周禮春官一命受職再命受服三命受位四命受器五命六命賜官七命賜國八命作牧九命作伯）一麾出守（顏延之五君詠曰屢薦不入官一麾乃出守）拔自下位寄之雄藩非臣庸瑣所宜膺據況馮翊密邇王都古稱三輔（漢世左馮翊右扶風京兆謂之三輔馮翊即同州郡名）爰自近代命秩逾崇有兵食之虞有宮室之制（同州防禦長春官使同州刺史領之）皆公卿將相出入由之仰徵甲令（甲乙丙丁令之篇次猶言第一至第幾也）俯窺圖記跼蹐無地（跼蹐謂蹴跼不伸也○跼渠足切）以兢以惶

恩重命輕不知所效庶當刻精運力一本作刓精畢力夙夜祗勤上奉雍熙旁流愷悌以日繫月儻或有成庶幾之心懔懔增惕徒望雲而就日史記放勛其仁如天其智如神就之如日望之如雲喜近帝鄉後漢南陽帝鄉多近親將擊壤以成風共歌堯代天威咫尺敢布丹誠無任悃懇屏營之至

代裴行立謝移鎮表行立移鎮在公卒後表蓋他人之文誤編在此

星言即駕詩星言夙駕便道之藩祗荷寵榮不敢

寧息臣某爰自弱齡即忝推擇階緣試吏累忝清資先聖以臣粗知兵要俾統師徒交蠻攸擾黃賊不馴奉詔俾臣撲滅氛祲元和八年八月以蘄州刺史裴行立爲安南都護安南漢交趾郡也十二年遷桂管觀察使十四年令行立討黃少卿士衆賈勇左傳高固曰欲勇者賈予餘勇思酬渥恩冀因此時得立微效豈謂時多疫癘不副憂勤知臣特深復洗瑕責夙夜感戴捐軀有期徒增憤勇力未從願微臣不幸釁故重重泣血摧肝載崩載咽陛下龍興御極元和十五年正月庚

子憲宗崩閏月丙午穆宗即位寰海永清道暢八埏地有八埏八際也相如封禪書曰上暢九垓下泝八埏○埏音延威加九域鴻和普洽靡不周泰伏蒙累垂休命遂越等夷循省何人過膺抽擢是歲二月行立自桂管復徙安南況臣比臨此鎮備更夷險故材舊壤宛在目前蓋言前爲安南經畧今復爲都護也雖則殊鄉還同衣錦量巨鼇之力未足負恩猶蚊蚋之微焉能報德將何以宣揚聖造撫慰疲羸唯當遵守詔條貶棄姦慝平勻徭賦示以義方持清靜以臨人守無私

以奉國重修前志再礪戈矛展駑駘之効駘音臺申鷹犬之用賡荒陬夷獠盡沐皇風率土生靈備聞斯慶微臣之志也限以云云

代韋永州謝上表公諱永州佐州刺史之見本集者六人元和元年刺史韋公見賀改元表二三年刺史馮公見修淨土院記元和五年以前刺史崔君敏見南池讌集序及墓後誌又有刺史崔簡未上被罪見簡墓誌集文等篇元和七年八月刺史即此所謂韋永州也表云曠牧守於再秋正言簡以罪去後無其人耳

臣某言伏奉月日制書除臣永州刺史以月日到州上訖受命若驚臨職彌懼臣以無能累更事任神州赤縣史記騶衍中國名曰赤縣神州赤縣神州內自有九州禹之序九州是也不得爲州數中國外如赤縣神州者九乃所謂九州也神赤皆美言也實所備嘗過量逾涯每深兢惕不謂聖恩推擇濫駕朱輪漢志中二千石二千石皆皂蓋朱兩轓祿秩徒增詎施乳哺之惠服命虛受寧輿襦袴之謠況此州地極三湘俗參百越左衽居椎髻之半孔子曰微管仲吾其被髮左衽矣陸賈使南越南越王尉佗魋結箕倨見賈魋

即椎結即髻古字通用耳可墾乃石田之餘左傳哀十一年子胥曰得志於齊猶石田無所用之曠牧守於再秋彌驕獷俗獷古猛切

代征賦於三郡重困疲人分灾本出於一時

左傳凡侯伯救患分灾討罪禮也積弊遂逾於十稔撫安未

易知法出而姦生董仲舒策曰法出而姦生令下而詐起子育

誠難懼力勞而功寡夙夜憂切不敢遑寧庶

當宣布天慈奉揚神化以日繫月儻或有成

少裨愷悌之風用荅生成之造無任感恩隕

越之至

謝除柳州刺史表諸本表首云伏奉三月十三日制除臣使持節柳州諸軍事守柳州刺史六月二十七日到任上訖惟通鑑云三月乙酉除命而長曆乙酉爲十四日此云十三日字誤

早以文律參於士林德宗選於衆流擢列御史貞元十九年爲監察御史陛下嗣登寶位微臣官在禮司憲宗即位時爲禮部侍郎百寮稱賀皆臣草奏臣以不慎交友旋及禍訩許容切一作誣聖恩弘貸謫在善地累更大赦獲奉詔追違離十年一見宮闕

親受朝命牧人遠方漸輕不宥之辜特奉分
憂之寄銘心鏤骨無報上天謹當宣布詔條
盡竭駑蹇皇風不異於遐邇聖澤無間於華
夷庶荅鴻私以塞餘罪云云

柳州謝上表 貞元中代人作

臣某言伏奉詔書授臣柳州刺史以今月二
日至部上訖中謝臣前歲以久停官秩去年蒙
聖恩除替便欲裂裳裹足趍赴京師以舊疾
所嬰彌年未愈逮及今夏始就歸途襄陽節

度使于頔貞元十四年九月以頔爲襄陽節度使與臣早歲同官見臣當暑在道懇留在館尋假職名意欲厚臣非臣所願伏惟陛下光被之德道以洽於區中憂濟之勤心每徧於天下常以萬邦共理必藉於循良一物不遺尚延於愚藐藐遠也莫角切假臣寵渥重領方州駑駘復效於奔馳枯朽更同於華秀中謝臣聞潢汚易竭潢汙小水也左氏傳潢汙行潦之水抑有朝宗之願書江漢朝宗于海犬馬無識猶知戀主之誠揣分則然惟天知鑒況臣

昔因左官漢書諸侯王表武有衡山淮南之謀作左官之律漢因上古法朝廷之列以右爲尊故降秩爲左遷仕諸侯爲左官一紀于外子牟馳心於魏闕莊子中山公子牟曰身在江湖之上心居乎魏闕之下柰何魏闕象魏觀闕人君門也汲黯積思於漢庭漢武帝以汲黯爲淮陽太守黯曰臣今病力不能任郡事願爲中郎出入禁闥補過拾遺臣之願也豈非夫人獨無斯戀去就者榮辱之主朝廷者仕進之源臣子之宜忠貞所志臣雖心同犬馬而分比瀆汚幸躡康衢意非往蹇往蹇來譽往蹇來反言往則遇難來則得譽得位也且臣之此誠口不能諭意欲悉達文

非盡言此臣所以自咎自恨復乖志願猶冀苦心勵節上奉詔條惠寡卹貧下除人瘼恭宣皇化少答鴻私不勝慌欣之至（慌博雅云忘也音荒）

代廣南節度使舉裴中丞自代表（此表當是長慶後廣南節度使舉桂中丞仲武自代非裴中丞也亦他人作誤録于此）

前件官器宇深沉天才間出爰從撫字逮于察廉所職恪勤庶務皆勸日者安南夷獠反叛害其連帥（元和十四年十月容管奏安南賊楊清陷都護府殺都護李象

古及妻子官屬部曲千餘清世爲蠻酋象古召爲牙將清鬱鬱不得志象古命清將兵三千討黃洞蠻清引兵夜還襲府城陷之毒痛黎人書毒痛四海痛病也某
皇帝以某威惠茂著自某州刺史俾之撫臨是月憲宗以唐州刺史桂仲武爲安南都護夙夜經行盡除兵器
賊徒識恩黨種歸義炎荒之俗靡不底寧仲武至安南楊清距境不納清用刑慘虐其下離心仲武遣人說其酋豪數月間降者相繼得兵七千餘人後改鎮容州長慶二年十一月以勳仲武爲容管經略使
效彌顯澄清庶類邁德前修深負能名合遷
重鎮臣自惟凡懦不逮前人伏乞天恩迴授

某非惟旌德是亦飾能庚微臣免尸祿之憂

某獲無私之舉

奏薦從事表

某績茂戎軒才優管記操刀必割賈誼傳曰日中必熭操刀必割豈謝剸犀王褒聖主得賢臣頌曰巧冶鑄干將之樸清水淬其鋒越砥斂其咢水斷蛟龍陸剸犀革王粲刀銘云陸剸犀兕水截鯨鯢落筆不休傳毅字武仲為文下筆不休寧慙倚馬世說栢宣武北征袁虎從行時被責免會草露布文喚袁倚馬前令作手不輟筆俄得七帋殊可觀李白與韓荊州書請日試萬言倚馬可待況早登科選夙洽時譚匪惟詞藝雙

美抑亦器能多適比於流輩頗爲滯淹輒敢薦陳伏希奬録

代廣南節使謝出鎮表鄭絪傳初拜中書侍郎加集賢殿大學士轉門下侍郎憲宗初勵精求理絪與杜黄裳同當國柄黄裳多所關決首建議誅惠琳斬劉闢及它制置絪謙默多無所事由是出爲嶺南節度觀察使廣州刺史

鴻霈曲臨惶駭交集捧對綸綍禮記王言如綸其出如綍上音倫下音紼不知所圖臣中謝臣聞蕭曹佐漢六合爲家奭望臣周萬方同軌記曰書同文車同軌臣幸以

芻賤累忝殊榮天德荐臨遂加台政不能翊宣明聖增日月之光俾兇渠勦絕書天用勦絕其命。勦子小切人用康寧實由臣不稱職使此艱患使一作役伐檀輿議詩伐檀刺貪也在位貪鄙無功而受祿君子不得進仕耳負乘招譏易負且乘致寇至負也者小人之事也乘也者君子之器也小人而乘君子之器盜斯奪之矣常懷覆餗之虞易鼎折足覆公餗餗鼎實也。餗音速敢望專征之寄元和四年二月絪罷爲太子賓客五年二月除嶺南獻俘未遠展効有期希此微功上荅殊造無任云云爲楊湖南謝設表德宗正元十八年九月以太常少卿楊憑爲潭州刺史湖南觀察使癸亥宴羣臣于馬璘山池上賦九日賜宴詩六韻賜之敕設豈亦此時耶

臣某言：中使某乙至，奉宣聖旨，賜臣長樂驛設者。恩榮特殊，宴飲斯及；顧茲厚禮，猥集微躬。臣某誠懽誠慶，頓首頓首。臣以多幸，屬此昌時，任重方隅，職忝文武，甘受素餐之刺詩：彼君子兮，不素餐兮。不知無肉食之謀。左傳：莊公十年，齊師伐我。莊公將戰，曹劌請見。其鄉人曰：肉食者謀之，又何間焉？劌曰：肉食者鄙，未能遠謀。以憂以惶寤寐無措豈謂鴻恩繼至豐膳爰來陸海兼陳陸海即水陸也飴醴皆設說文飴米糵煎也醴酒名飴音怡一作酒庶當奉揚聖澤覃布遠人流愷悌於皇風均乳哺於赤子少陳微効上荅殊私無任感恩欣躍之至

爲武中丞謝賜櫻桃表武元衡貞元二十年遷御史中丞公集有諸使兼御史中丞壁記曰武公以厚德在位甚宜其職云

臣某言中夜某乙至奉宣聖旨賜臣櫻桃若

干者天聰特深時珍荐降寵驚里巷恩溢圓方員方謂俎豆臣某誠喜誠懼頓首頓首伏以含桃之羞時令攸貴禮記月令仲夏之月天子羞以含桃先薦寢廟況今採因御苑分自天厨使發九霄集繁星而積燿味調六氣承湛露而不晞詩湛湛露斯匪陽不晞晞乾也盈背而外被恩光背目也疾智才詣二切適口而中含渥澤顧慙素食詩彼君子兮兮不素食兮彌切自公詩委蛇委蛇自公退食豈圖君子所先遂厭小人之腹左傳昭二十八年願以小人之腹爲君子之心屬厭而已無任云云

謝賜時服表此表代宅人作

祗荷寵私啓處無地詩不遑啓處臣中謝臣久忝朝行歷職無効荏苒星紀偷榮歲時不能少益聖猷以副深寄致使賊遺君父後漢耿弇征張步帝在魯聞弇爲步所攻自往救之未至副將陳俊謂弇曰劉盜兵盛且可閉營休士以須上來弇曰乘輿且到臣子當擊牛釃酒以待百官反欲以賊虜遺君父耶艱難未息合處嚴憲以正國章伏以陛下恢天覆之恩廣地載之厚不循彝典俾同冕紱重劇丘山捧戴以入閨門空知夕惕易夕惕若厲無咎裁縫而

爲衣服固可晝行（項羽曰富貴不歸故鄉如衣繡夜行）内省疲駑將何荅効

謝賜端午綾帛衣服表（公在撫州作亦代宦人作）

綸言曲臨寵服荐至跪捧殊錫慶躍交幷臣中謝臣謬典方州効微涓滴叨承大貺榮重丘山非才忝恩俯伏慚荷朱明啓節（爾雅夏爲朱明）御府賜衣沐聖澤而溟海方深被仙衣而鶴龜齊壽馳心向闕踴影望天（踴渠足切）慚分五嶺之憂（裴氏廣州記云大庾始安臨賀旌陽揭陽是爲五嶺五嶺者西自衡山之南東窮于

海一山之限耳而莫副九重之詔臣無任
別標名則有五焉

云

河東先生集卷第三十八

東吳郭雲
鵬校壽梓

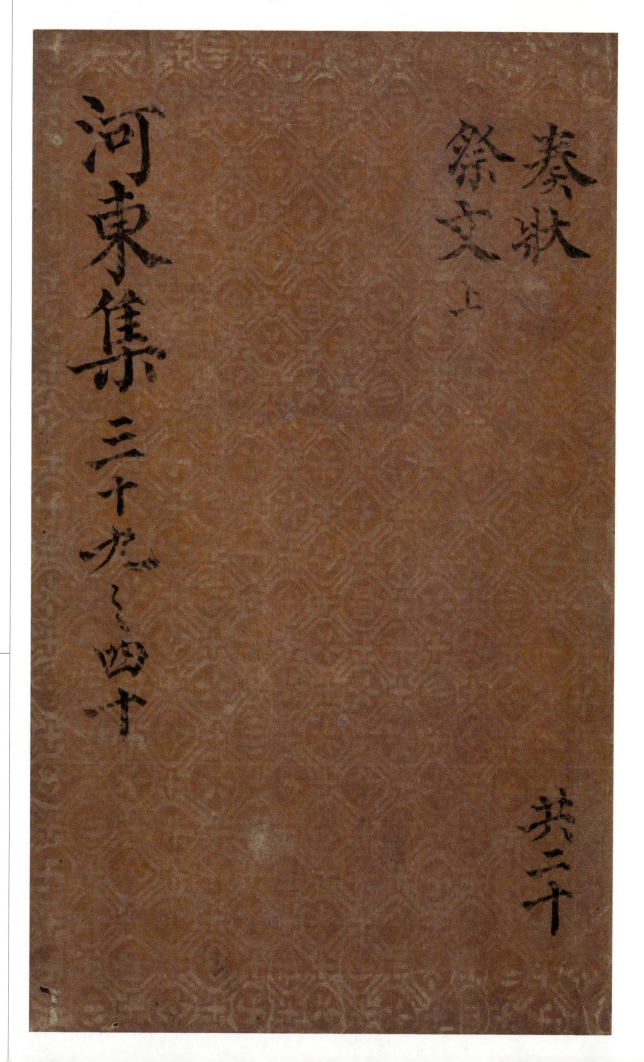

河東集三十九之四十

奏狀

祭文上

共二十

河東先生集卷第三十九

奏狀

爲廣南鄭相公奏百姓產三男狀 鄭相公絪也元和五年出爲廣南

右臣所部貞節坊百姓某妻產三男者臣詳究往例實謂休徵洪範曰休徵曰咎徵徵驗也已量事給絹三十疋充其乳養者伏以陛下勤卹黎元感通天地靈心昭荅景福已典詩介爾景福景大也方使億兆繁滋書紂有億兆夷人離心離德風俗通曰十萬曰億十億曰兆

區夏充牣（滿也音仞）故表祥於字育是啓運於昇平事杳化源慶延邦本鱗羽之瑞會何足云臣幸列藩維嘗叨樞近私賀之至

爲薛中丞浙東奏五色雲狀（元和三年正月）

（以湖南觀察薛苹爲浙東觀察元和十二年薛戎拜越州刺史兼御史中丞浙東觀察使未許）

右臣得管内台州奏（浙東管越睦衢台明處溫七州）月日五色雲見者一州官吏僧道耆老悉皆瞻覩已具奏聞幷寫圖奉進者伏以景雲上瑞（景雲慶雲）

也孫氏瑞應圖曰景雲者太平之應也一曰慶雲王者祉符煥彩彰之在天知聖德之昭感伏惟陛下化孚有截詩相土烈烈海外有截注截整齊也道洽無垠承天地之貞明易天地之道貞明者也導陰陽之和氣紛紛郁郁史記若煙非煙若雲非雲郁郁紛紛蕭索輪囷是謂卿雲自東而徂西若煙非煙一句而再至徵諸古諜音牒事罕前聞伏乞宣付史官以昭簡冊

爲裴中丞奏邕管黄家賊事宜狀裴中丞桂管觀察使裴行立也前卷有代裴中丞謝討黄賊表

右今月四日邕管奏事官嚴訓過（謂過桂州）稱押衙譚叔向等與黃家賊五千餘人謀爲翻動，雖已誅斬猶未清寧。當時差本道同十將某至邕管界首賓州以來迎探事宜，兼爲聲援。昨得十四日狀并嚴訓狀報，同其黃家賊並已退散，各歸洞穴訖。伏以鼠竊狗偷，非足爲患，陛下威靈遠被，神化旁行，遂使姦猾（猾一作狡）之謀一先期而自露，回邪之黨不戮而盡夷。伏恐飛章已達，吉語未聞，尚軫天心，猶煩廟筭

臣謬居方鎮忝接疆界所得事宜不敢不奏

讓監察御史狀公拜監察御史裏行諸本於此狀首尾或載名銜無裏行字後人妄刪耳

右臣伏准名例律諸官與父祖諱同者不合冒榮居之律十二篇名例律其第一也節文諸府號官稱犯父祖名而冒榮居之者免所居官臣祖名察躬今臣蒙恩授前件官以幼年逮事王父禮律之制所不敢踰臣不勝進退惶恐之至謹詣光順門奉狀以聞伏聽勑旨貞元十九年閏十月日承議郎新除監

察御史臣柳宗元奏奉勑新除監察御史柳
宗元祖名察躬准禮二名不偏諱不合辭讓
年月日檢校司空同中書門下平章事杜佑
宣

爲京兆府昭應等九縣許夏苗旱損
狀貞元十九年正月不雨至七月時京兆尹李實也然史傳謂所中大歉而實爲政猛顧百姓所訴一不介意其說恐未必然按正元二十一年二月以鴻臚卿王權爲京兆尹此狀許夏苗旱損而首云謬領京畿巳逾兩月疑與此合耳

右臣謬領京畿已逾兩月政術無取誠懇莫申遂使雨澤愆時田苗微損夙夜兢懼寢食靡遑今長安一十四縣（當作二十四縣）並准常年例全徵（並一作皆）其昭應等九縣臣各得狀並令詳審各絕隱欺謹具別狀封進臣當府夏稅通計約二十九萬石已上據所損矜免秪當三萬石有餘恤人則深減數非廣伏以聖慈弘貸憫念蒸黎臣忝職司不敢不奏無任懇懼之至謹錄奏聞伏聽勅旨

爲南承嗣請從軍狀

故某官贈某官南霽雲男某官承

嗣

右臣亡父至德之歲死節睢陽至德二載十月安祿山陷睢陽霽雲死之陛下每降鴻恩必加褒寵霽雲初贈開府儀同三司再贈揚州大都督臣自七歲卽忝班榮承嗣七歲爲婺州別駕垂五十年常居祿秩再守遐郡歷刺施涪二州績用無成終貽官謗甘就嚴譴承嗣爲涪州劉闢反承嗣以無備謫永州集有送南涪州量移澧州序云始由施州爲涪州捍蜀道劾寇敵畏不敢犯然

周礼夏官諸子掌國子之倅若有兵甲之事則授之車甲

而刀筆之吏以簿書校計盈縮受譴茲郡蓋謂永州也無以負荷先志報效殊私以慙以懼隕越無地伏見某月日敕以王承宗負恩干紀命將徂征元和十四年十月以神策右軍中尉吐突承璀討王承宗雷霆所加殄滅在近臣竊不自揆思竭忠誠願預一卒之任以荅百生之幸庶得摧鋒觸刃摩壘搴旗冀獲盡於微誠儻不墜於遺烈踊躍之至夙夜不寧敢希皇明俯鑒丹懇臣聞周官攻藝國子置車甲之司周禮夏官司馬有司車之職其文闕漢道推恩孤兒備羽

林之用（事詳注南府君睢陽廟碑送南涪州量移澧州序內）及千秋思奮於事越（漢南越傳粵至武帝時獨其相呂嘉不欲附從韓千秋奮曰以區區粵又有王應獨相嘉爲害願得勇士三百人必斬嘉以報）仲孺期死於奔吳（史記灌夫字仲孺張孟嘗爲潁陰侯灌嬰舍人得幸故嘗蒙灌氏姓爲灌孟吳楚反時嬰爲將軍屬太尉請孟爲校尉夫以十人與父俱孟年老死吳軍中夫奮曰願取吳王若將軍頭以報父仇夫募軍中壯士所善願從者數十人馳入吳軍）義激君親名高竹帛臣雖無似有慕昔人雖身塗草野死而不朽披肝瀝血昧死上陳無任懇迫忠憤之至謹錄奏聞伏候敕旨

進農書狀（農書三卷）

右伏奉某月日勑宜以二月一日爲中和節所司進農書永以爲恒式者（正元五年正月詔自今宜以二月一日爲中和節以代正月晦日備三令節内外官司休假一日宰臣李泌請中和節日令百官進農書司農獻種稑之種王公戚里上春服士庶以刀尺相問遺村社作中和酒祭勾芒以祈年穀從之）臣伏以平秩東作虞書立制（書堯典之文）倣載南畝周雅垂文（周頌良耜之詩）此皆奉天時以授人盡地力而豐食（一作豐食）於自陛下惟新令節益勵農功既立典於可傳每陳書而

作則耕鑿之利敷帝力於嘉謨稼穡之艱動天心於睿覽勤勞率下超邁古先凡在率土不勝幸甚前件農書謹函封進謹奏

代人進甆器狀

元微初嘗進甆器此必乃元作

甆器若干事一無此句右件甆器等並藝精埏埴延和也土黏曰埴老子埏埴以為器○埏式延切制合規模稟至德之陶蒸自無苦窳舜陶河濱器皆不苦窳窳病也音愈合太和以融結克保堅貞且無瓦釜之鳴賈誼賦黃鍾毀棄瓦釜雷鳴是稱土鉶之德土鉶瓦器也以盛羹韓非子曰堯舜飯土塯啜

土鉶。鉶音刑器甎瑚璉孔子謂子貢女器也瑚璉也瑚璉祭宗廟之器夏曰瑚殷曰璉周曰簠簋。璉力展反貢異砮丹書厥貢惟金三品杶幹栝栢礪砥砮丹。砮音奴旣尚質而爲先禮記器用陶匏尚質也亦當無而有用謹遣某官某乙隨狀封進謹奏

柳州舉監察御史柳漢自代狀公元和十年三月出爲柳州六月二十七日到任後作

右伏准從前赦文元和六年十月十七日敕常參官上後上三日後舉一人自代者伏見前件官頗有才行長於政術久歷嶺南使職臣之所知敢舉自

代無任懇迫之至

上戶部狀左降官員外置同正員俸料舊用戶部省員闕官錢充今請改授正官占闕不用上件錢每年約計數萬貫此表柳州作

右伏以左降官是受責之人都不釐務戶部錢是准敕收貯不合別支又所授員外官亦非舊制宗元在永州日見百姓庄宅公驗有司戶李邕判給處足明皆是正官今請悉依故事爲准並廢員外所置凢在貶黜授以正

負責其成功俾無虛掊貯錢既免支用加數足應軍須實冀貨不濫分官無曠職謹狀

柳州上本府狀莫誠救兄莫蕩以竹刺莫杲右臂經十一日身死其莫誠禁在龍城縣準律以他物毆傷十二日辜辜内死者各依殺人論○本府謂桂管觀察府也

右奉牒准律文處分者已帖縣准牒待秋分後舉處分訖伏以中丞謂裴行立慈惠化人孝悌成俗屬吏所見皆許由明至公之下敢竭愚慮竊以莫誠赴急而動事出一時解難爲心

豈思他物救兄有急難之戚（詩兄弟急難）中臂非必死之瘡不幸致殂揣非本意按文固當恭守撫事亦可哀矜斷手方迫於深衷（田榮曰蝮螫手則斬手螫足則斬足斷手即謂此斬手也）周身不遑於遠慮（周防也）律宜無赦使司明至當之心情或未安守吏切惟輕之願（書罪疑惟輕）况俟期尚遠禀命不遥伏乞俯賜興哀特從屈法幸全微命以慰遠黎則必閭境荷慈育之恩豈惟一夫受生成之賜儻以律文難變使隳已行則伏望此狀

賜牲易字

便令廢格音閣輕賜塵黷惶戰交深謹錄狀上

奉聽處分

爲裴中丞伐黄賊轉牒裴中丞行立也

當管奉詔當管謂桂管與諸管齊進諸管謂容管邕管廣南等

路誅討邕管草賊黄少卿漢軍馬步等若干

人各具兵馬數及軍將若干前牒奉處分竊

以天啓昌期大功畢集神開興運微惡盡除

黄少卿等歷稔逋誅舉宗肆暴初黄洞首領黄少卿少度

少卿子昌沔昌瓘等自貞元以來數爲邊患

前後陷十餘州至是行立與容管經畧使湯

旻欲徼幸立功爭請討之上從之恃狡兎之穴戰國策狡兎有三窟僅得
免其死死耳窟穴也跧伏偷安王文考魯靈光殿賦曰狡兎跧伏於附側跧蹜
足也憑孽狐之丘莊子步仞之丘陵巨獸無所隱其軀而孽狐爲之祥孽妖
孽祥恠也跳踉見怪跳音迢踉音良以爲威弧不射易弧矢之
利以威天下天網可逃老子天網恢恢踈而不失侵逼使臣隳
犯王略恣其毒虐速我誅鋤敵國盡在於舟
中史記吳起謂武侯曰君不修德舟中之人皆敵國也還師已期於席
上趙充國上屯田十二事其一事曰治隍陿中道橋令可至鮮水以制西域信威千里
從枕席過師謂宜投戈頓顙面縛乞身左傳僖五年許男面

縛銜璧面縛者謂縛手於後唯見其面歸郡邑於王官效黎獻於天吏書萬邦黎獻黎獻黎民之賢者又曰天吏逸德烈于猛火而乃繕兵補卒增壘閉途正當天討之辰書天討有罪五刑五用哉更積鬼誅之罪莊子爲不善于幽闇之中者鬼得而誅之衆輕鬭蟻晉殷仲堪父嘗患耳聰聞牀下蟻動謂之牛鬭勇劣怒蛙韓非子云越王伐吳欲人之輕死也出見怒蛙乃爲之軾從者曰奚敬於此王曰爲其有氣故也事亦見吳越春秋纖縞當強弩之初韓安國傳強弩之末不能入魯縞縞素也孤豚僨肥牛之下左傳昭公十三年牛雖瘠僨于豕上僨仆也○僨佛問切又音憤事同拾芥力易摧枯杪忽蜂腰虛

見辱於齊斧易旅卦旅于處得其資斧子夏傳及衆家並作齊斧張軌云齊斧蓋黃鉞斧也張晏云整齊也齊側皆切突梯首鼠濫欲寄於旌

頭勦絕有時書天用勦絕其命○勦子小反不索何獲左氏云上國有言曰不索何獲某行立拱稽致命吳語云擁鐸拱稽注拱持也稽棨戟也或云稽計兵名籍執銳忘生被堅執銳銳兵也車甲既備於

小戎詩小戎伐收注云小戎兵車也鯨鯢豈逃於誅戮左傳宣十二年占者明王伐不敬取其鯨鯢而封之以為大戮鯨鯢大魚名以喻不義之人吞食小國竊觀上略兵法有上中下三略總制中權左傳宣十二年前茅慮無中權後勁權謀也中權者謂中軍制謀戰士義激於身心列

校勢成於臂指蹶張之技漢中居嘉以材官蹶張從高祖擊項羽如淳曰材官之多力能㧕踏強弩張之故曰蹶張盡出於山林拔距之材漢甘延壽傳投石拔距絕於等倫顏師古曰拔距者有人連坐相把據地距以爲堅而能拔取之徧徼於川洞南夷皆居洞穴故云川洞賞懸香餌黃石公記曰芳餌之下必有懸魚重賞之下必有死夫令布疾雷莫不鼓舞戎行虔恭師律易師出以律否臧凶律法也投軀不僁於羽檄漢高祖曰吾以羽檄徵天下兵未有至者注檄木簡長二尺用徵召急則插以鳥羽示急也跂足惟俟於牙璋周禮典瑞云牙璋以起軍旅以治兵守注牙璋瑑以爲牙牙齒兵象故以牙璋發兵也跂舉踵也○跂遣爾切

今月某日奏事官米蘭迴捧受詔命神飛首勇足蹈心馳蹈蹈舞也詩足之蹈之懽聲洽於萬夫勝氣橫於千里國容不入司馬法曰古者國容不入軍軍容不入國屨且及於寢門左傳宣十四年楚使申舟聘于齊及宋宋人殺之楚子聞之投袂而起屨及於室皇劒及於寢門之外室皇寢門闕也家事勿關土已塡於左闔國語勾越伐吳入命夫人自令日以後內政無出外政無入內有辱是子也外有辱是我也王出夫人送王不出屛乃闔左闔塡之以土即以月日全軍出次左傳莊三年凡師一宿為舍再宿為信過信為次分道並進所期戮力敢告同心孔大夫御史大夫嶺南節度

使孔戮貞直冠時清明格物禮記清明在躬又曰致知在格物注云格來也物猶事也全體許國一心在公兵精食浮浮足也爲日固乂容府楊中丞御史中丞容管經畧使陽旻本誤作揚耳以義烈爲已任勳襲太常太常以紀成績安南李中丞御史中丞安南都護李象古以英武爲家風象古嗣曹王皐之子業傳彝器彝謂宗彝並膺邦寄克達皇威南則浮海濟師共集堂堂之陣孫子勿擊堂堂之陣東則橫江誓衆用成善善之功孫子見勝不過衆人之所知非善之善者也詩緇衣以明有國善善之功焉公此語義取孫子而句取緇衣以此鼓行

坐觀盡敵刑惟勿喜誅有可哀徵側之勇冠一方竟就伏波之戮馬援傳交趾女子徵側及徵貳反於是璽書拜援伏波將軍南擊之軍至浪泊上與賊戰遂大破之援追徵側等斬其首傳洛陽呂嘉之威行五嶺終摧下瀨之師漢武帝時南越王願欲內附獨其相呂嘉建德反朝廷於是命路博德為伏波將軍楊僕為樓船將軍及歸義粵侯二人為下瀨將軍共討之嘉遂與其屬數百人亡入海尋復追降之南粵乃平見南粵傳嗟此陋微自貽擒滅勉成良畫速致殊勳雖荒徼之地固不勞於有征而昇平之年將自此而何事書之竹帛實謂揚名事須移牒隣

管以成犄角（左氏譬諸捕鹿晉人角之戎人犄之）舉牒者

賀誅淄青逆賊李師道狀（中書門下狀下同）

右今月三日（元和十四年三月初三日）得知進奏官某報前件賊以前月九日（二月九日斬李師道）克就梟戮者伏以天啓聖期神資良弼（書夢帝賚予良弼）必有懲討以致昇平蠢爾兇渠（詩蠢爾蠻荆說文云蠢爾動貌）敢行悖亂締交於雷霆之下（締結也締音帝）效逆於化育之辰逞豺聲以欺天（左傳蜂目而豺聲忍人也）恣狼心而犯上（左傳狼子野心）嘉謨克恊威命旁行破竹寧比

其發機杜預伐吳曰今兵威已振譬如破竹數節之後迎刃而解走丸未喻於乘勝孫子如丸之走盤濁河清濟濁河黃河曾無溝洫之虞大峴琅邪劉裕伐南燕慕容超公孫五樓請據大峴超不從遂敗河濟大峴琅邪皆淄青間山水名○峴胡典反不聞崖岸之阻天兵四合賊衆釁摧然後赦刼脅之辜許其歸復寬詿誤之典詿古賣切期以撫循外怛皇威中感聖德雖在梟鏡郊祀志古者天子祠黃帝用一梟破鏡梟鳥名食母破鏡獸名食父○梟堅堯切豈不知歸是以未極誅鋤遽聞內潰鯨鯢已戮見東海之無波氛沴盡消

沴音戾仰太陽之普照功格于天地化合于陰陽一德方繼於商書書惟尹躬暨湯咸有一德降神自同於周雅詩維嶽降神生甫及申遂使垂白遺老再逢大寶之安大寶一作天寶搢紳諸生遠期貞觀之理某特承朝獎謬列藩臣常以宊刃觸鋒未爲效節膏原潤草豈足酬恩寤寐撫心不遑寧處今則剗平之際尠無尺寸之功開泰方初徒受丘山之寵無任憤激屏營之至抃舞歡慶倍百恒情

賀平淄青後肆赦狀

右伏奉二月日德青一本云二十二日以淄青削平慶賜大洽率土之內抃躍無窮伏以周滅三監俱明誅放之罰書武王崩三監及淮夷叛漢書地理志周既滅殷分其地爲三國詩風邶鄘衛是也邶以封紂子武庚鄘管叔尹之衛蔡叔尹之以監殷民謂之三監漢平七國更嚴斬殺之科景帝紀七國反太尉周亞夫將軍竇嬰將兵擊破之六月詔曰今濞等已滅吏民當坐濞等及逋逃亡軍者皆赦之楚元王子藝等與濞等爲逆朕不忍加法除其籍毋令污宗室未有翦覆兇渠撫存疑類威暫行而德洽誅纔及而恩加

操兵者悉獲歸休秉耒者更聞優復與之種食分以貨財疾苦盡除鰥孤咸育葬戰死之骨增以賞延憐刃傷之肌存其廩給滁山川之舊汚申節義之餘寃功多受三事之榮（詩三事大夫莫肯夙夜注云三事謂三公也元和十四年二月丁巳斬李師道壬戌田弘正奏捷到癸酉加弘正檢校司徒同平章事故云）節著有十連之寵（禮記十國以爲連連有帥是月庚午以淄青都知兵馬使劉悟爲義成軍節度使故云）較然逆順益以彰明和氣遠周罷七旬之干羽（書舞干羽于兩階七旬有苗格）仁風溥暢收六月之車徒（詩六

（月樓樓戎車既飭）寰海永康，夷夏均慶。某忝司戎旅，獲奉昇平，當伊尹無耻之辰（書伊尹曰予弗克俾厥后為堯舜其心愧耻若撻于市），見咎繇惟輕之德（書罪疑惟輕）。抃躍之至，倍萬恒情。無任慶賀之至。

賀分淄青諸州為三道節度狀（一作使）

右，某伏見某月日制，分淄青諸州為三道節度都團練觀察等使者（元和十四年二月，命戶部楊於陵為淄青宣撫使，幷分師道地。於陵按圖籍，視土地遠近，計士馬衆寡，校倉庫虛實，分為三道，使之適均。以鄆曹濮為一道，淄青齊登萊為一道，兖海沂密為一道），害氣盡除，和風溥暢一作遠暢裂壤既分其形勝經野必正其提封周禮體國經野注云經謂爲之里數河濟異宜書濟河惟兖州海岱殊服書海岱惟青州八命作牧周禮八命作牧九命作伯無閒威福之源十國爲連見前篇注已肅澄清之政鼠無夜動左傳襄二十三年夫鼠晝伏夜動不穴於寢廟畏人故也鴞變好音詩翩彼飛鴞集于泮林食我桑葚懷我好音惠澤豈俟於崇朝仁化寧期於必代孔子曰如有王者必世而後仁遂使瑯邪即墨田生無慮其異謀漢高帝六年田肯賀上曰齊有瑯邪即墨之饒南有泰山之固西有濁河之限非親王子弟莫可王齊者聊攝姑尤晏

子但聞其善祝左傳昭二十年晏子曰祝有益也詛亦有損聊攝以東姑尤以西爲人也多矣雖其善祝豈能勝億兆之詛聊攝齊西界也平原聊城縣東北有攝城姑尤齊東界也姑水尤水皆出城陽郡南入海恭以相公謩參禹績詩云芒芒禹績績畫爲九州制出蕭規揚子蕭也規曹也隨光輔聖神左傳楚康王曰宜夫子先輔五君以爲諸侯主之永康黎獻某獲逢開泰忝守方隅抃躍之誠倍百恒品

爲裴中丞上裴相賀破東平狀裴中丞行立賀裴相度

右伏以逆賊李師道克就梟擒已具中書門

下狀賀訖某忝居末屬（行立與度同族）特受深恩踊躍不寧輒復披露竊以自古中興之主必有命代之臣一德同功以叶休運故申甫方邵（謂申伯尹吉甫方叔召虎）成宣王復古之勳（詩車攻宣王復古也宣王能內修政事外攘夷狄復文武之境土）吳鄧寇耿（謂吳漢鄧禹寇恂耿弇）致光武配天之業此皆上下齊志中外悉心雖成功則多而陳力甚易豈若閤下挺拔英氣邁越常流獨契聖謨以昌鴻業廟略初定異議紛然詆訕盈朝萋斐成市（詩萋兮斐兮成是貝錦。）

萋音妻斐音匪閤下秉心不惑定命彌堅詩訏謨定命討淮右之兇則下車而授首淮右謂吳元濟服恒陽之虜則馳使而華心恒陽謂王承宗度在淮西布衣栢耆以策說度曰元濟就擒王承宗破膽矣願得書往說之可不煩兵而服度遣之承宗懼請以二子爲質及獻德棣二州況師道惡稔禍盈鬼怨神怒恣行悖慢敢肆欺誣天兵四臨所至皆捷劣又捨其將校許以歸還罪止一夫恩加百姓豺狼感化梟鏡懷仁梟鏡已見上注自致誅夷以成開泰萬方有慶四海無虞遂令率土之人盡識太平

之理盛德大業振古莫儔然則布政明堂勤
功東嶽光垂後祀輝映前王神化永屬於聖
君崇勲實歸於宗袞慶賀之至倍萬恒情

爲裴中丞上裴相乞討黄賊狀

某材質無堪授任非次當有事之日忠懇莫
施遇成功之辰慙憤空積陳力之志誓死不
渝伏惟仁恩終賜展効令者中華寧謐異類
服從唯此南方尚餘寇孽伏以黄少卿等憑
培塿以自固自關而東小冢謂之培塿又云小阜也○培薄口切塿音郎口

巠斬弱之少耎亦可作遳七戈切遳字質遳脆廣雅曰遳亦脆也

切合巠脆以爲強（巠寸卧切脃此菂切易斷也）刼脅使臣侵暴列郡雖狐鼠之陋無足示威而蜂蠆之微（蠆五邁切）猶能害物必資翦伐方致和平庶盡駑蹇之勞以荅恩榮之重撫心踴躍夙夜不寧私布丹誠敢期明鑒無任感激屏營之至

爲桂州崔中丞上中書門下乞朝覲狀（中丞崔詠也）

右某幸遇文明叨承委寄理戎典郡十有四年瞻戀闕庭神魂飛越頃在邕州（元和五年八月詠自

鄧州刺史除爲邕管經畧使故云累陳誠懇謬尸進律之寵禮記有功德於民者加地進律未遂執珪之願左傳朝聘有圭詩以其介圭入覲于王相公膺賢輔聖大叙倫彝書彝倫攸叙中外之臣出入更踐某自領桂管元和八年十二月詠遷桂管又逾再周注見前卷爲崔中丞請朝覲表企鸞鷺於紫霄獨無羽翼仰星辰於黃道渾天圖天有黃赤二道禮記跡日月四時遊於黃道其方不同徒竭丹誠況正月會朝遠夷皆至周官春見曰朝六歲來見要服有期書六年五服一朝國語要服者貢注云要服六歲一見豈使班超之望長懸東漢班超傳超

以父在絶域年老思歸十二年上疏曰太公封齊五世葬周狐死首丘代馬依風夫周齊同在中土千里之間况於遠處絶域小臣能無首丘依風之思哉子牟之戀空積莊子魏公子牟曰身居江湖之上心馳乎魏闕之下伏乞特申微願録受宂負徵故事而不遺揆夙志而斯畢入天子之國願附禮於小侯拜丞相之車袁盎爲吳相告歸道逢丞相申屠嘉下車拜謁敢希榮於下客下一作上無任懇禱屛營之至輕瀆威重戰汗伏深謹狀一本止於下客無後數句

爲南承嗣上中書門下乞兩河效用

狀

右伏以越敗夫差多會稽納官之子（越語孤子寡婦疾疹貧病者納官其子注云官仕也仕其子而教之）趙擢栗腹卽長平死事之孤（趙世家武成王十五年燕王喜使丞相栗腹約歡於趙還報燕王曰趙壯者皆死長平其孤未壯可伐也燕師至趙趙廉頗逆擊之破殺栗腹）何者義烈之餘色氣猛厲上將效於國用下欲濟其家聲所以憤激悽愴常思致命者也某先父死難睢陽（至德二載十月賊將尹子奇陷睢陽害張巡姚誾南霽雲等霽雲承嗣之父）事存簡冊累降優詔榮及子孫爰自繼

緣超昇品秩承嗣七歲爲婺州別駕賜緋魚袋故云肉食廩給未嘗暫停頃守涪州屬西蜀遘逆永正元年八月劍南支度副使劉闢自爲節度留後將致死命以盡夙心寢戈嘗膽志願未究會刀筆之吏寘以深文首級之差馮唐對文帝曰雲中守魏尚坐上功首虜差六級陛下下之吏削其爵罰行之今復誰辯薏苡之謗馬援征交阯常得薏苡欲以爲種軍還載之一車時人以爲南土珍怪後有上書譖之者以爲前所載還皆明珠文犀光武大怒不能自明猶賴舊勳謫居樂土時承嗣謫永州食人力之粟守無事之官拳拳血誠無所陳露伏見明

制興師討伐恒冀元和四年十月制削奪成德軍節度使王承宗官爵以左神策中尉吐突承璀爲招討處置使往征之茂爾小醜尚欲逋誅某材非古人志慕前烈願得身當一隊李陵曰臣所將屯邊者皆荆楚勇士奇才劒客願得自當一隊效死戎行竭平生之忠愬中幽明之冤痛撫劒心往發言涕零甞聞漢法有奮擊匈奴者諸侯不得擁遏又况丞相揔軍國之重定廊廟之謀固當弘奬無所棄捐伏乞哀憫收撫以成其心無任懇迫惶恐之至

柳州上中書門下舉柳漢自代狀與前舉監察御史柳漢自代表同作

右伏准元和六年十月十七日勑常參官授上後三日內舉一人以自代便具所舉人兼狀上中書門下者今奏請前件官自代謹連狀

爲長安等縣耆壽請相府乞奏復尊號狀注已具三十七卷請復尊號表

長安縣耆壽某乙若干人一本無上文右某等伏

以生長明時游泳皇澤皷腹且知於帝力食
毛敢忘於君恩左氏傳食土之毛誰非君臣竊見近者祥
瑞所陳周於百郡豐稔之報均于四方有以
知上玄降靈誕告嘉應彰我君文明之化仁
育之恩大道既行鴻名未舉是以殷勤昭著
如斯而不已者也某皆陶煦純仁煦温也吁具切成
此耆老生既無補死而何求唯願上聞帝閽
復建尊號用彰聖德以報皇慈披露血誠伏
守天闕縻軀碎骨猶生之年謹以今日詣光

順門輒進表訖表一作奏伏惟相公贊翊明主共致太平而使名號尚鬱天人失望草野愚鄙竊有惑焉伏望敷奏之際開陳其要俾下情允達大願克從退就泉壤樂而無恨輕黷相國伏待典刑謹狀

爲京畿父老上府尹乞奏復尊號狀

長安縣耆老某乙等若干人一本無上文右某等幸以羸老獲覩昇平蹈舞薰風謳謌壽域譬之草木何以報天寤寐焦勞不知所措伏見

聖君臨御玄化升聞書玄德升聞瑞應匝於萬方匝作荅切與帀同豐報窮於四海神祇注意天地傾心覺悟生人必有爲者一作必將有爲蓋以挹損徽號近二十年興元元年罷去尊號盛德益光大名未復致遠邇積慮幽明憤懷故自古以來嘉瑞之至未有如今歲之盛也斯乃上玄深旨下人懇誠勤勤相符正在於此某等眷戀明時朝夕是切唯願早復大號以契天心庶得聖政益光鴻化彌遠少遂踊躍之甚今請詣光順

門進表昧死上陳伏以侍郎（正元十六年十月以吏部侍郎韋夏卿爲京兆尹）道合君臣惠敷黎庶儻遂收採愚慮致貢天庭俾草萊微誠得達萬乘非所敢望惶懼伏深謹狀

東吳郭雲鵬校書梓

河東先生集卷第三十九

河東先生集卷第四十

祭文

祭楊憑詹事文

憑字虛受一字嗣仁弘農人公娶楊凝女爲憑從子婿據楊氏誌父禮部郎中凝則子厚凝婿也然楊凝墓碣曰若宗元者以姻舊獲愛若凝婿不應曰姻舊楊氏誌恐誤以憑爲凝此文元和十二年柳州作

年月日子壻一本有使持節柳州諸軍事守柳州刺史柳某一十五字謹以清酌庶羞之奠昭祭于丈人之靈卿雲輪囷史記天官書郁郁紛紛蕭索輪囷是謂慶雲慶雲即卿雲蓋五色雲也天漢昭

回詩倬彼雲漢昭回于天昭回明也自然物外寧雜塵埃公
稟閒氣閒居莧切心靈洞開翺翔自得誰肎羣猜
肎顧也孝友忠信憑工文詞尚氣節與母弟凝凌相友愛聞于九
垓垓重也天有九重摛華發藻摛抽知切又音離張也其動如
雷世榮甲科大曆九年憑舉進士甲科亦務顯處務一作矜公
之後德有而不顧御史之選朝之所注公勤
于養投劾引去憑累事節度府召爲監察御史不樂檢束輒自免去時
任方隅威刑是務公施其惠貞元十八年九月自太常少卿
出爲湖南觀察使永貞元年十月遷江西亦莫有遻五故切逆也與迕同京

兆之難下多怨怒或由以黜瓦石盈路[貞元二十二年二月京兆尹李實貶通州長史市里歡呼皆袖瓦礫遮道伺之實由間道獲免]公捍其强仁及童孺[元和十四年憑自江西入爲京兆尹]左遷而出擁道牽慕道峻多謗德優見憎煩言既詆[左傳嘖有煩言]倚法斯繩[書無倚法以削憑與御史中丞李夷簡素有隙是歲七月夷簡劾憑江西姦贓及它不法詔刑部尚書李鄘大理卿趙昌卽臺參訊時憑治第永寧里功役叢煩又幽妓妾於永寧別舍謗議頗讙故夷簡藉之痛擿發欲抵以死旣置對未得狀卽建捕故官屬推擿籍憑家貲翰林學士李絳奏憑所坐贓不當同逆人法乃止憲宗以憑治京兆有績丁卯但貶賀州臨賀尉]南過九疑[九疑山名在永

州界謂謫臨賀東逾秣陵秣陵江寧謂自臨賀徙杭州長史也顛沛三

載天書乃徵入傅王國自杭州入爲王傅嘉聲聿典

詹事東宮自王傅徙太子詹事致政是膺年唯始至道

則彌勵頡頏今古飛而上曰頡飛而下曰頏優游德藝實

期濬發再光文陛誰謂昊天遽兹降厲厲惡也詩

降此大厲嗚呼哀哉某以通家承德夙奉良姻莫

成子姓史記外戚世家或不能成子姓註謂趙飛燕等楊氏無子故云早喪

淑人貞元十五年八月一日公之夫人楊氏卒年二十二恩禮斯重眷

撫惟新綢繆其志實敬實勤迨今挈然十有

八祀自貞元十五年己卯至元和十二年丁酉爲十八年家缺主婦身遷萬里謗言未明黜伏逾紀十二年曰紀德輝間絕音塵莫俟歲首發函視遠如邇雖當沉痾心術猶治撫膺頓首流泣瞪視瞪文證切直視既歛而還莫傳音旨鄉風長慟於玆已矣嗚呼哀哉承訃之始卜兆既逾載馳斯文出拜路隅哀從海澨視裔切禮致皇都寸誠相續終歲不渝天道悠遠人世多虞寄心雙表表謂墓闕長恨囚拘嗚呼哀哉

祭穆質給事文質河内人祕書監寧之子一作祭穆撫州文據傳質自給事中出爲開州卒然此文謂黜刺南荒義言盈口又云王命南下郡符東剖留滯湮淪殲此遐壽必是自開移撫未及行而卒耳此文柳州作豈質元和十二三年間方自開遷撫故耶

昭祭于給事五丈之靈自古直道鮮不顛危禍之重輕則繫盛衰矯矯明靈克丁聖時一丁作生形軀獲宥三黜無虧論語孔子曰直道而事人焉往而不三黜賢良發策始振其儀天子動容敬我直辭貞元

元年九月德宗策賢良方正能直言極諫科問以天旱質言兩漢故事三公當免卜式著議洪羊可烹德宗深喜之擢第三等載之冊府命以諫司質以制舉自畿尉擢左補闕抗姦替否與正爲期奏書百上知無不爲誰謂劉賈劉向賈誼英風莫追給事黃門奉職樞機封還付外動獲其宜無曠爾位惟公在斯質累遷給事中政事得失未嘗不盡言元和初鹽鐵轉運諸院擅繫囚笞掠嚴楚人多死質奏請與州縣參決自是不寃王承宗反用內官吐突承璀爲招討使四年十月質與度支使李元素極言其不可明日削承璀四道兵馬使帝頗不悅以質爲太子左庶子達道之行實惟交友患難相死其廢自

◎

久公實毅然誓均悔咎挺身立氣不改其守黙刺南荒元和四年七月京兆尹楊憑貶臨賀尉質坐與憑善貶開州刺史義言盈口封章致命志期隕首邈矣高標誰嗣于後王命南下郡符東剖見題註留滯湮淪殲此遐壽嗚呼哀哉公之伯仲信惟先執穆質穆員穆賞皆見於公之先友碑陰記感激之風道同義立中司守直姧權是龔致之徽纆音墨索也易繫用徽纆誣以賄入瑣瑣其徒榜訊愈急贄字相明累擢侍御史分司東都陝虢觀察使盧岳妻分財不及妾子妾訴之贄鞫其事御史中丞盧佋欲重妾罪贄持平不

許佋與宰相竇參共誣贄受金捕送獄侍御史杜倫希其意鍛鍊甚急〻榜音彭訊音信

詔下三司議于洛邑噫我先君邦憲是輯平

反羣枉反孚表切漢書平反註幡罪人辭使從輕也大忤三揖左傳襄二年三揖在下註卿大夫士危法旋加譖言俄及左官夔

國贄弟賞詰闕撾登聞鼓訟究詔三司使柳鎮李覯楊瑀覆治無之然猶出爲邢州刺史鎮亦坐貶夔州司馬義夫掩泣邪臣既黜乃進其級

貞元八年竇參貶召贄爲刑部郎中端于庶僚直聲允集虔虔

小子夙奉遺則公在郎位再罹擯抑時忝憲

司竊分枉直抗詞犯長有志無力惟韓洎劉

（謂監察御史韓泰劉禹錫也）同憤霑臆道之不行衘媿罔極公在左掖議登秋官先定于志將發其難決白無狀以申禍端秉心撰詞義不可干（謂將白公之枉）會逢友累（謂其坐楊憑遷斥）曾莫自安感于褚中（褚展呂切絮裝衣也事見左傳成公三年）有涕沈瀾嗚呼哀哉壽宮久翳狼荒萬里禮不可違誠不可弭抽哀洩憤舒文致美願遡海風以窮洛涘清明如在神鑒何巳嗚呼格思以慰勤止

祭呂衡州溫文（溫字和叔一字化光河東人溫之生平公

嘗爲之誄極所稱道蓋不獨見之此文也作之年月具本篇

維元和六年歲次辛卯九月癸巳朔某日友人守永州司馬員外置同正員柳宗元謹遣書吏同曹同曹人名爲曹吏家人襄兒奉清酌庶羞之奠敬祭於呂八兄化光之靈嗚呼天乎君子何厲厲惡也天實仇之生人何罪天實讎之聰明正直行爲君子天則必速其死道德仁義志存生人天則必夭其身吾固知蒼蒼之無信莊子天之蒼蒼其正色耶莫莫之無神今於化光之

殁怨逾深而毒逾甚故復呼天以云云天乎痛哉堯舜之道至大以簡仲尼之文至幽以默千載紛爭或失或得倬乎吾兄獨取其直貫于化始與道咸極推而下之法度不忒旁而肆之中和允塞道大藝備斯爲全德（温從陸質治春秋梁肅爲文章勇于藝能咸有所祖）而官止刺一州（元和三年十月貶温均州刺史議者不厭再貶道州刺史五年移守衡州）年不逾四十佐王之志没而不立豈非修正直以召災（修一作循）好仁義以速咎者耶宗元幼雖好學晚未聞

期一作勘

道洎乎獲友君子乃知適於中庸削去邪雜

顯陳直正而爲道不謬兄實使然嗚呼積乎

中不必施於外裕乎古不必諧於今二事相

期從古至少至於化光最爲太甚理行第一

溫在衡州洽有善狀尚非所長文章過人略而不有素

志所蓄巍然可知貪愚皆貴險狠皆老則化

光之天厄反不榮歟所慟者志不得行功不

得施蚩蚩之民不被化光之德庸庸之俗不

知化光之心斯言一出內若焚裂海內甚廣

知音幾人自友朋凋喪志業殆絕唯望化光伸其宏略震耀昌大興行於時使斯人徒一無徒字知我所立今復往矣吾道息矣雖其存者志亦死矣臨江大哭萬事已矣六年八月温卒于衡州十二月十四日藁葬江陵窮天之英貫古之識一朝去此終復何適嗚呼化光今復何爲乎止乎行乎眛乎明乎豈蕩爲太空與化無窮乎將結爲光耀以助臨照乎豈爲雨爲露以澤下土乎將爲雷爲霆以泄怨怒乎豈爲鳳爲麟爲景

星爲卿雲以寓、其神乎、將爲金爲錫爲圭爲璧以栖其魄乎、豈復爲賢人以續其志乎、將奮爲神明以遂其義乎、不然是昭昭者其得已乎其不得已、乎抑有知乎其無知乎、彼且有知其可使吾知之乎、幽明茫然一慟腸絕嗚呼化光庶或聽之

祭李中丞文中丞名字未詳作之年月具本篇

維貞元二十年歲次甲申五月某朔一本五月甲戌朔二十二日故吏儒林郎守侍御史王播將

仕郎守殿中侍御史穆贄（穆質誤作贄字）奉議郎行殿中侍御史馮邈承奉郎守監察御史韓泰（泰字安平）宣德郎行監察御史范傳正（傳正字西老貞元十年舉進士）文林郎守監察御史劉禹錫承務郎監察御史裏行柳宗元承務郎監察御史裏行李程等（程字表臣）謹以清酌之奠敬祭于故中丞贈刑部侍郎李公之靈惟公堅貞守道潔廉成德當官秉彝卓爾孤直高節外峻純誠內植臨事不回執心無惑矯矯勁質（一本作節）擢於

天枝中丞宗室式是邦族槃其羽儀發跡內史古內史今鳳翔府參其軍事自下劘上漢書贊賈山自下劘上孟康曰劘謂劘切之也○劘音磨直詞屢至于後受邑歷撫疲人公去逾久人滋咏呻咏呻歌咏復從京邑辟署司錄振其綱條端我甸服甸服謂畿甸也黜吏屏氣貪官窒慾易君子以懲忿窒慾赫赫有命登于王庭邦賦以修國用是經實抗其長以奉准程准程法令校其簿書無失奇贏奇音羈與畸同殘田也贏音盈進爲正郎勾會是專會古外切總合也乃刺于商出爲商州刺史虎節

登山、周禮山國用虎節化堉爲沃堉音脊薄土也致夷於艱、
道途謳歌有詔徵還、丞我御史自商州召爲御史中丞
執其憲矩、糾逖之志直清是舉、慎擇寮吏必
薪之楚、詩翹翹錯薪言刈其楚註云楚雜薪之中尤翹翹者終始七載
不忘祗勤事無觀瞻、道有屈伸、皁囊密啓見上
屢皁其囊註忠懇屢陳、令望逾重、名鄉是屬、拖紳
遽聞、論語疾君視之東首加朝服拖紳○拖徒可切卷衣已復、復招魂也
禮喪大記曰復者朝服君以卷夫人以屈狄
大夫以玄赬世婦以襢衣士以爵弁士妻以
稅衣皆升自東榮中屋履
危北面三號捲衣投于前禮備賵贈、穀梁傳隱元年

乘馬曰賵一曰贈一作賻公羊曰車馬曰賵貨財曰賻註符遇切皆助生送死之禮○賵方鳳切恩加命服窀穸有時窀株倫切穸音夕窀厚也穸夜也左傳窀穸之事註猶長夜也歲月逾蹙播等猥備官屬況當薦延承其規模奉以周旋近或逾月遠則累年咸承至公官守獲全故事盡在遺風藹然俯仰庭除顧慕潺湲潺鉏山切湲音爰致誠一觴拜訣堂筵嗚呼哀哉

爲韋京兆祭杜河中文註具本篇

維年月日甲子京兆尹韋夏卿夏卿字雲客京兆萬年人

貞元十七年十月自吏部侍郎爲京兆尹謹以清酌之奠敬祭于

故河中節度贈禮部尚書杜公之靈貞元十五年十二月以同州刺史杜確爲河中尹河中晉絳觀察使自古謀帥恒在諸

儒晉登郤縠亦以詩書左傳僖二十七年晉作三軍謀元帥趙衰曰郤縠可臣亟聞其言矣說禮樂而敦詩書爰及近代二柄殊途

擐鉞之臣率由武夫時惟明靈道冠學徒天

子有命揔其戎車何以邦之維絳及蒲卽謂河中有山有河殿此大都焜耀昌時焜音混耀音曜振宣

後學命服之盛光于列岳謂保豐福永縻王

爵壽如何期神不可度嗚呼哀哉大曆之歲詔徵茂才時忝同道一作科俱起草萊懷策旣陳綸言煥開考第居甲大曆二年夏卿與弟正卿及倠同舉賢良方正高第自天昭回分命邦畿夏卿爲高陵主簿步武獲陪同志爲友星霜屢迴長我十年禮宜兄事周游歡洽莫不如志于後多幸謬列周行戶剛切詩寘彼周行註行列也置周之列位箋謂朝廷臣也左傳襄十五年註周徧也言徧于列位周一作同又同制書竝命文昌及余稍遷吏部爲郎公屬中兵此焉分行夏卿爲吏部員外郎確爲兵部員外

即再獲聯事東西相望（音忘）出處同道樂惟其常（惟一作謹）後余出刺九載南服（夏卿自給事中出爲常蘇二州刺史前後九年）公自左輔遂贗推轂（左輔謂同州自同帥河中故云遂贗推轂也馮唐曰王者遺將跪而推轂）我勸魏闕（勸一作覲）爰揔九流（貞元十六年夏卿爲吏部侍郎九流謂九品也）誰謂河廣願言莫由（詩誰謂河廣一葦杭之言自京至河中甚近欲往往而不能也）烹魚之問往復相醻（文選古詩客從南方來遺我雙鯉魚呼兒烹鯉魚中有尺素書）惠好斯厚惟以綢繆余弟宗卿獲莊仁宇命佐廉問（宗卿爲河中從事）忘其愚魯（論語柴也愚參也魯）假以羽

翼俾之騫翥（章恕切，飛舉也）惠文峩峩（惠文冠也。漢張敞傳：秦時法吏冠柱後惠文。峩峩，高貌）赤紱在股（詩作芾。小雅：赤芾在股，邪幅在下。註云：芾，赤韋爲之，古蔽膝之象也）榮映斯極，從容何補。承慶惟深，報恩無所。嗚呼哀哉！天子震悼，哀我良臣。密印追贈，尚書禮殷（殷，盛也）四方興嗟，況此故人。循念平昔，徘徊悲辛。卜葬斯及，禮儀畢陳。敬薦行潦（左傳：潢汙行潦之水，可薦於鬼神）洩哀茲辰。嗚呼哀哉！

爲韋京兆祭太常崔少卿文（崔少卿，考之史）

傳未詳惟據諸表系有崔隱甫之孫㼛者一人爲太常少卿當即此也貞元十八年作

維年月日甲子京兆尹韋夏卿謹以清酌庶羞之奠敬祭于亡友故太常少卿崔公之靈惟靈率是良志蹈其吉德左傳孝敬忠信爲吉德炳蔚文彩周流學殖孔氏之訓專其傳釋黄老之言探乎幽賾六書奧祕周禮五曰六書六書者一曰象形二曰指事三曰會意四曰假借五曰形聲六曰轉注是究是索叩爾玄關保其眞宅藝成行備披雲駟跡康莊未窮康莊

入道也爾雅五達謂之康六達謂之莊史記有康莊之衢濛汜已極濛汜日入之處淮南子淪于濛谷是謂定昏濛汜已極言將死也楚詞天問出自湯谷次于濛汜註云汜水涯言出東方湯谷之中暮入西極濛水之涯也口濛汜音蒙似嗚呼哀哉夙歲同道從容洛師謂在東都接袂交襟以遨以嬉策駕嵩少嵩高少室二山名在河南府登封縣泝舟瀍伊書伊洛瀍澗伊瀍二水名在河南脊河南縣皆本洛州也笑咏周星周星謂十二年也左傳一星終矣其樂熙熙丹霄何望青雲可期洛中十友談者榮之據夏卿傳始在東都傾心辟士頗得才彥其後多至卿相世謂之知人惟鄭絪齊各登鼎司鄭餘慶齊映並仕至

宰相或喪或存山川是違緊我夫子宜相清時命之不遐孰不悽悲嗚呼哀哉往佐居守謂佐東都留守及爾同寮笑遨交歡遨一作敖匪夕則朝入同其室一作入有同室出聯其鑣投文報章既歌且謠及我爲郎優游吏部夏卿自長安令入爲吏部員外郎公爲御史持憲天路文陛徐趨眷戀相顧歡愛之分有加于素自我于邁邁往也詩從公于邁歷刺東吳夏卿自給事中出刺常蘇二州離憂十年離憂謂離別之憂夏卿在二州凡九年復會名都余爲侍郎銓揔攸居夏卿自蘇州召

爲吏部侍郎銓謂銓次也實得茂彥奉其規模聯事合情

又倍其初我尹京兆貞元十七年十月公以夏卿爲京兆尹亞

奉常謂爲太常少卿步武相望佩玉以鏘謂保愉樂

長此翺翔抱疾幾何忽焉其亡嗚呼痛哉原

念往昔愛均骨肉我有書笥盈君尺牘寤言

在耳今古何速失涕與哀匍匐往哭詩凡民有喪匍

匐救之撫筵一呼心焉摧剝普木切日月逾邁書曰

月逾邁若弗云來佳城遽卜西京雜記佳城鬱鬱三千年見白日吁嗟滕公

居此室素車千里逶迤山谷逶於危切迤音夷委曲也晦爾

精靈藏之斧屋禮記孔子曰吾見封之若堂者矣見若覆夏屋者矣見若斧者矣吾從若斧者焉馬鬣封之謂也註斧形旁殺刃上而長嗚呼哀哉丹旐即路祖奠在庭去此昭昭就爾冥冥敬陳泂酌詩泂酌彼行潦註云泂遠也行潦流潦水之薄者遠酌取之以告明靈臨觴永慟庶寫哀誠嗚呼哀哉伏惟尚饗

爲李京兆祭楊凝郎中文時爲藍田尉作

維貞元十九年歲次癸未四月辛未朔某日檢校工部尚書京兆尹司農卿李實貞元十五年三月以司農卿李實爲京兆尹謹以清酌庶羞之奠敬祭于

故兵部郎中楊公之靈楊凝字茂功弘農人是歲正月卒公嘗爲凝墓陽惟靈清標霜潔馨德蘭薰馨德書所謂明德惟馨沖和茂著孝友彰聞濬發洪緒激揚清芬芬謂芬芳恩侔德祖楊脩字德祖○思蘇恣切學紹子雲瑩彼靈府彬其英文吐論冠時舒華軼羣百氏之奥一言可分旁貫釋老豈伊典墳謂躡公相贊揚聖君高山安仰詩高山仰止禮記夫子歌曰泰山其頽乎梁木其壞乎哲人其萎乎子貢曰泰山其頽則吾將安仰梁木其壞哲人其萎則吾將安放夫子殆將死也逝水沄沄論語子在川上曰逝者如斯夫嗚呼哀哉唯

是伯仲竝爲士則凝兄憑弟凌皆有名於時陳寔碑云言爲世範行爲士則連擢首科大曆九年憑中進士第二十三年凝中第一迭居顯職公之懿美發自朋僚播于四方令聞克昭炯然獨識卓爾孤標翼翼其容羽儀清朝載筆東掖動無不紀禮記史載筆士載言東掖謂爲起居郎禮記又曰言則左史書之動則右史書之凝爲右史書事不回故云動無不紀起草南宮時論增美遷尚書司封員外郎華正封邑申明嫡媵事連權右斥退勿憚直聲彰聞大梁有艱天子是使貞元十二年八月凝自右司郎中檢校吏部郎中爲宣武軍節度判官是時宣武帥李萬榮卒其子廼擅領軍務故云大梁有艱

密勿之謀詩密勿從事不敢告勞唯道是履復歸郎署一作歸復郎署職兹中兵十八年凝起家爲兵部郎中簡稽無撓周禮以八式經邦治二曰聽師田以簡稽遂人云稽其人民簡其兵器簡稽士卒兵器簿書簡猶閱也稽猶計也合也合計其士之卒伍閱其兵器爲之要簿也以考其成英風未攄沉痾遽嬰孰云積善降以促齡昔歲江表獲同宴語嗣曹王皐爲江西觀察使以實爲判官謬爲好仁不我遐阻公之元兄凝之兄憑復惠德音優游多暇卷眄逾深眄音麪情言盈耳尺素相尋冀兹競爽左傳二惠競爽焜燿儒林及此凋落秖

摧我心嗚呼哀哉遣車就引禮記遣車視牢具視牢具者計遣車多少各如遣奠所包牲體之數也又哀見集戶部郎中魏府君墓誌註○遣去聲挽先路迅風淒悲頹景幽暮傾都殄瘁詩人之云亡邦國殄瘁揮涕相顧矧茲故人誰任痛慕潢汚一觴詎寫平素尚饗

爲安南楊侍御祭張都護文張都護安南都護御史中丞張舟也公嘗爲之誌所載與此文皆合楊侍御未詳

維年月日故吏某職官某敬祭于故都護御

嗚呼我姓嬋嫣楊雄賦有周氏之嬋嫣註嬋文嫣連也○嬋音蟬嫣於虔切由古而蕃鍾鼎世紹圭茅並分至于有國爵列加尊聯事尚書十有八人中遭諸武抑遏讎冤踣弊不振踣蒲北切數逾百年近者紛紛稍出能賢族屬於耀於與旟同旟旗也耀與曜同照耀光也期復于前君修其辭楚越猶傳從事諸侯假乎郡藩乎疑當作守柳寬從事廣南假守支郡人謠吏畏威惠咸宣神乎我欺命返不延寬中厲氣嘔泄卒年四十七輿尅之望是越是愬歲首去我將濱海堧留遊歡娛

涉月彌旬夜蓺膏炬晝凌風煙理策嶇嶔嶇嶔高險貌○嶇音區嶔音欽檃舟潺湲潺湲水流貌○潺鉏山切湲于權切將辭又醉既往而旋今者之來徒御凄然垂帷襜襜襜蚩古切垂貌衣蔽前也飛旐翻翻升拜無形合哭誰闔闔一作洽逝歸從祔于鄧之原銘墓有辭發我狂言祗陳其悲匪暇于文觴有旨酒豆有㹠肩㹠與豚同小豕也禮記晏子豚肩不揜豆伊奠之菲而誠孔繁靈耶罔耶有涕漣漣

祭弟宗直文公同祖異父弟字正夫集有誌宗直殯云元和

十年七月卒祭文亦同是時作

維年月日（維元和十年七月二十四日）八哥以清酌之奠祭于亡弟十郎之靈吾門彫喪歲月已久（已一作自）但見禍謫未聞昌延使爾有志不得存立延陵已上四房子姓各爲單子（一作各有單緒）慥慥早夭（慥七到切）汝又繼終兩房祭祀今已無主吾又未有男子爾曹則雖有如無一門嗣續不絕如綫（即線字係公羊傳句）仁義正直天竟不知理極道乖無所告訴汝生有志氣好善嫉邪勤學

成癖攻文致病年纔三十不祿命盡一本作年過三十不掛命書蒼天蒼天豈有眞宰如汝德業尚早合出身由吾被謗年深使汝負才自棄志願不就罪非他人死喪之中益復爲媿汝墨法絕代知者尚稀一本云識者尚稀及所著文不令沉没吾皆收錄以授知音文類之功宗直撰西漢文類四十卷更亦廣布使傳於世人並見墓誌以慰汝靈知在永州私有孕婦吾專優恤以俟其期男爲小宗女亦當愛延子長大必使有歸撫育教

視使如已子吾身未死如汝存焉炎荒萬里毒瘴充塞汝已久病來此伴吾到未數日自云小差雷塘靈泉言笑如故一寐不覺便爲古人見誌茫茫上天豈知此痛郡城之隅佛寺之北飾以殯紖紖丈忍切棺索寄於高原死生同歸誓不相棄庶幾有靈知我哀懇

祭姊夫崔使君簡文簡字子敬博陵平安人中書令仁師五世孫娶柳氏公之伯姊也公集有永州刺史流驩州崔君權厝誌即簡誌也元和七年作

永州刺史博陵崔公之靈天之生人或哲或愚君取其英爰曜于初譽動京邑事具誌中施于方隅密勿書奏元侯是俞詩密勿從事崔簡貞元五年中進士第旋入山南西道節度使爲掌書記密勿奏事謂爲掌書記俞允也蜀寇內侮禍聯羌髳髳音矛夷名羌在西蜀髳在巴蜀君出顯畫披攘其徒南平劍門西獲戎俘趍受刑曹留總南都簡在山南凡五徙職六增官至刑部員外郎爲府留後移刺連部部一作州謂簡自山南西道府遷連州刺史下民其蘇道不可常病惑中途悍石是餌元精以渝簡後餌五石疹瘍且亂雷

誘爰興按驗增誣簡自連州徙永州未至而連州人訢簡御史按章具獄坐流驩州始雖進律終以論辜禮記王制有功德于民者加地進律註律法也溟海浩浩而君是踰嵩山茫茫而君是居嵩山當作崇山書曰放驩兜于崇山崇山在驩州界厥爭抗憤吁于康衢四達爲衢五達爲康六達爲莊天子憫焉訊以文書御史既斥連帥是除簡幼弟詣闕訟寃天子爲之黜連帥罷御史期復中壤遽淪別區元和七年正月二十六日死于驩州喪還大浸莊子大浸稽天而不沒大浸謂漲潦也又溺二孤簡子處道守訥奉簡之喪踰海水遇暴風二孤溺死痛毒荐仍振古所無何讁

于天降此翦屠柩不及歸寓葬荒墟（簡柩至永州八月甲子宗元藁葬于社之北四百步）將葺將就誓還里閭嗚呼哀哉君之子姓惟自我出毋儀先虧（簡妻柳氏先十年卒）父訓又失煢煢相視（煢渠營切憂也與惸同）撫悼增恤感冀其才以大家室惟昔與君年殊志匹晝咨夕計期正文律實契師友豈伊親昵誰謂斯人變易成疾良志莫踐乖離永訣嗚呼哀哉永山之西湘水之東殯緘以出斧屋爰封（禮記檀弓封有若覆夏屋者矣有若斧者矣）神非久留息駕于

中書石爲誌世德斯崇手𦦙以酹𦦙音拘把也酌也○

酹魯外切淨出焉竆

又祭崔簡旅櫬歸上都文據簡元和七年藁葬于永公謂三年將復故葬自七年至十年爲三年然公十年正月已召至京而此文謂我生而留則當是九年作○一本無旅櫬歸上都字

嘻乎崔公之柩嘻一作嗟嘻乎崔公楚之南其土不可以室或坋而頹坋符吻切塵也或确而峷确音殼磽确切山多大石也峷昨没切詩註峷者崔嵬貌陰流泄漏溦没渝溢

爾雅泉一見一否爲瀸郭璞曰纔有貌○瀸思廉切碩鼠大蟻傍穿側出虧踈脆薄久乃自室不如君之鄉式堅且密嘻乎崔公楚之南其鬼不可與友躁戾佻險佻音超輕也偷也睒眒欺苟睒音閃暫視貌又驚視貌眒書刃切張目也脞戔暗胷脞坐果切細碎無大畧胷古文忽字輕嚚妄走嚚音銀不思已類好是羣醜不如君之鄉式和且偶日月甚良子姓甚勤子姓見前註具是舟轝轝音預舁車也寧君之神去爾夷方返爾故隣簡歸葬長安少陵北弈弈其歸宜樂且欣君死而還我生而留

遠矣殊世曷從之遊酹觴于座與涕俱流

祭崔氏外甥文崔氏外甥即簡之子夔道宇訥也奉簡喪逾海水遇暴風溺死詳見上註○一本作崔君進側祭二甥文

年月日八舅十舅以酒肉之奠敬祭外甥韋六小卿之魂一無此文嗚呼生有孝姿淑且茂兮謂吉其終道克就兮胡典而喪典主也離厥咎兮蹈道而違死誰祐兮豈汝之昧不能究兮將奪之鑒使昏霿兮霿武賦切與霧同反復攪予哀何救兮骨肉無從魂焉覿兮庶幾來歸餕以

侑兮[禮記注食餘曰餕言祭簡之餘以祭二甥也]酒實于觴肉盈豆兮豈伊異人余所授兮來耶否耶歆氣臭兮

祭崔氏外甥女文[崔氏卽簡之女名媛嫁朗州司戸河東薛巽元和十三年五月二十八日卒公集有誌]

叔舅宗元祭于二十六娘子之靈[一作維年月日叔舅宗元以酒肉之奠祭于薛氏婦崔氏二十六娘之靈]凡我諸甥惟爾爲首甥於我氏[甥一作生]恩顧彌厚惠明貞淑仁愛孝友女德之全素風斯守播於族爲芬馨自

久芬一作菜恭惟伯姊崔氏之母子厚姊也道茂行高上承下訓克敬能勞夙有儀則刑于汝曹雖云惟性抑自良陶汝之先君謂崔簡以文誨我周流辯論有疑必果怕革其非以成其可孰云具美易以生禍汝及諸弟流離莫從幸獲我依以慰困窮歸之令族有蔚其容方冀榮壽遽罹災凶嗚呼哀哉汝自艱酷二弟繼終海門之哀今古罕同駢也英文敷暢浩通實期振耀弘我儒風又玆天閼神理何蒙夭於表切閼音遏莊

子道遙賁儒莫之夭閼此文謂崔氏爭處道守訥奉其飄蓬度海遇風溺死崔駢郎卿郎亦死也盛德餘慶宜福其豐胡然降戾惟禍之逢嗚呼哀哉前歲詔追廷授遠牧元和十年三月十三日公召至京師又出爲柳州刺史武陵便道往來信宿武陵朗州去柳最近幸茲再見緩我心曲猶且輕別瞻程務速孰知自此遂間幽躅除玉切臨視無路遡風慟哭怛焉自中如刃之觸邙阜有位墓在北邙山南洛水東青烏載卜相冢書曰青烏子稱山三重相連名蓮花山葬出二千石道途尚艱歲月逾邁方俟歸紖棺索也再期奠

沃寄哀斯文心焉往復嗚呼哀哉

祭外甥崔騈文騈疑是處道守訥之昆弟此在永時作

祭于卿郎之魂嗚呼天悋靈奇謚郎吝字取不可貪既眷又力神誰以堪汝不是思而縱其志盜其管籥褰其篋匱拙深抉窈擔重揭貴揭丘桀切舉也又巨列切負也又去例切高舉也喻騈之多能守吏失職訴帝行事果殄爾軀以寧其位豈不信耶不然無鬼誅之行而中道夭死莊子爲不善者鬼誅之有拔類之才而三見廢委仁充其軀毒中骨髓其何

以爲累也兄弟逾十我出惟八[左傳成公十四年我之自出注外甥也謂柳氏所生八子]既孤數祀中分存没我爲汝舅汝爲我甥求仁具得爲藝繼成天下莫倫古罕竝行人而思之幾不欲生嗚呼哀哉[一本無哀哉字]既致其愛秖極其哀秦越萬里心魂徘徊念與汝别桓公之臺顧余猶壯視爾如孩戲抽佛筴[筴郎策字今謂之籤]前次淹隈[淹徒何切隈烏回切水曲也]笑頷卽路嗚鞘不廻[鞘音笑刀室也選詩長鋏鳴鞘中]豈云古今自此而乖孰爲鬼神忍是陰誅得疾

之日兄弟莫在謁醫問巫卒以幽昧葬之東

野誰賵誰會穀梁傳車馬曰賵賵贈送死也○賵撫鳳切既虞以奠

誰主誰酹酹魯外切虞祭名禮記豈若速反而虞乎疏曰葬既巳竟神靈須安

豈若速反而虞祭以安神乎孤魂冥冥何託何逝嗚呼哀

哉刑曹繼之以病告余銜憂驅使裹藥操書

雖驚狀劇猶恃神扶豈知所賴終以誤我

自得罪無望還都想爾新塋少陵之隅何時

歸祔圯土下呼圯彼美切毁也潰淚徹壙以沾以塗

此心未慊秪益摧紆累見于夢寧知有無寄

之哀辭惟殂及壼嗚呼哀哉

東吳郭雲鵬校壽梓

河東先生集卷第四十一

河東先生集卷第四十二

古今詩

同劉二十八院長述舊言懷感時書事奉寄澧州張員外使君五十二韻之作因其韻增至八十通贈二君子劉二十八禹錫也初與公同爲監察御史故曰院長張員外署也貞元十九年與韓吏部李方叔三人爲幸臣所讒俱爲縣令南方後至澧州刺史公此詩貶永州司馬後作也

弱歲遊玄圃東方朔十洲記曰崑崙有三角一角正西北名玄圃臺弱歲謂

弱冠也增城縣圖閬風崑崙之山三重也縣圖出美玉以喻京城多賢才也先容

幸棄瑕漢鄒陽傳以左右先爲之容也容文采也禮記瑜不揜瑕名勞長

者記陳平門長者車多文許後生誇語曰後生可畏鷃翼嘗

披隼莊子曰斥鷃小鳥也說文云隼祝鳩也傳云鷃披隼翼○鷃音晏隼息尹切又

音筍蓬心類倚麻莊子夫子猶有蓬之心也注云蓬非直達者也荀子勸學

篇蓬生麻中不扶而自直繼酬天禄署天禄閣名漢世以藏秘書天禄獸也

因以爲名張署貞元中舉進士博學宏詞爲校書郎公亦爲集賢殿正字酬當作讐謂讐校

讐也漢揚雄校讐天禄閣俱尉甸侯家甸侯謂甸服侯服也署爲京兆武功

尉公亦爲藍田縣尉憲府初收迹謝靈運晉書漢官尚書爲中臺御史爲憲

臺謁者爲外臺是爲三臺又御史所居之地
漢謂之御史府署至武功拜監察御史公亦
自集賢殿正字冊墀共拜嘉張衡西京賦青
爲監察御史瑣冊墀注冊墀
階也以冊塗之左分行參瑞傳
氏云敢不拜嘉獸參參閒也瑞獸獬豸也
點亂宮鴟執簡寧循枉左傳齊南史聞太史盡死執簡以往簡謂
簡策沈約爲御史中丞彈曹景宗亦云謹奉
白簡又崔纂御史箴曰簡上霜凝蓋御史劾
奏以持書每去邪漢有治書侍御史故曰持
簡也書後漢書蔡邕舉高第補
侍御史又轉持書御史遷鸞凰標魏闕周禮
尚書持書亦御史職也乃縣
治象之法于象魏鄭司農注云象魏闕
也莊子身在江湖之上心游魏闕之下熊武
負崇牙周官熊虎爲旗熊武即熊虎也牙謂
牙旗也宋鄭鮮祭牙文崇牙旣建義

鋒厲增辨色宜相顧傾心自不諱金爐灰流月紫殿啓晨𧙕𧙕赤色謂曉起日光射殿宇也漢紀云神光降集紫殿此乃言金爐之灰如流月之狀紫殿之啓如晨𧙕之色○𧙕音遐自弱歲遊玄圃至此皆叙其與張歷仕及同爲御史之意未竟遷喬樂未竟未終也詩曰出自幽谷遷于喬木俄成失路嗟貞元十九年署自監察御還史貶爲郴州臨武縣令如渡遼水李白詩屈平顦顇滯江潭亭伯流離放遼海更似謫長沙漢賈誼事文帝爲絳灌馮敬之屬妬害之謫長沙王太傳別怨秦城暮言別於長安途窮越嶺斜越嶺即謂郴州訟庭閑枳棘後漢仇香爲考城主簿縣令王渙謂曰枳棘非鸞鳳所棲百里豈大賢之路候吏逐

麋麃麃北鹿音加麋音眉一作麏麃麏麞也音居云切三載皇恩暢千年聖曆遐張自貞元十九年癸未罷官至元和元年乙酉憲宗即位爲三年矣故云朝宗延駕海朝宗事見禹貢駕海猶航海也師役罷梁溠溠水名莊四年左傳楚令尹鬬祁除道梁溠營軍臨隋梁溠作橋於溠水上○溠側加切京邑搜貞幹署自臨武令移江陵椽自江陵椽入爲京兆府司録參軍南宮步渥洼署自司録遷尚書刑部員外郎漢武帝元鼎四年秋馬生渥洼水中因以名馬○洼言蛙世惟材是梓梓良木書若作梓材一本作是杍人仰驥中騂騂謂騂騮駿馬也棘剌苗人地仍逾贛石崖古署自員外出爲虔州刺史虔屬江南道三苗之地贛縣名屬虔州有章貢二

水合流于此因以名縣○贛音紺崖與涯同音禮容垂琿琫詩琿琫容刀鞞佩刀下飾琫上飾○琿音必琫莫孔切一作琕琫玉也琕必郢切戉備響鋞鍛說文云鋞鍛頭鐵也○上音鴉下音瑕寵郎郎官舊感從太守加張以刑曹爲郡守建旗翻鷙鳥周禮司常云州里建旗又云鳥隼爲旗剝鳥皮毛置之竿頭爲之也鷙鳥即謂鳥隼也署爲州刺史故建旗○旗音余負弩繞文蛇漢書司馬相如奉使西南夷至蜀縣令負弩矢先驅文蛇謂畫爲蛇文也○弩音砮冊府榮八命周禮宗伯以九儀正邦國八命作牧註謂侯伯有功者加命得專征伐於諸侯鄭司農云一州之牧王之三公亦八命中闈盛六珈詩云君子偕老副笄六珈珈婦人首飾之盛者也韓吏部作張公墓誌云

晉劉子元作史通談及矯

娶河東楙氏子則公蓋與張爲親故言及中闈也口珈音加闈一作闟字 肯隨胡

質矯 晉陽秋曰胡質爲荆州刺史其子威自京都來省之告歸質賜其絹一疋威跪曰大人清白不審於何得此絹質曰是吾俸祿之餘以爲汝糧耳其父子清慎如此 方

惡馬驅奢 後漢馬融達生任性不拘儒者節居宇器服多存侈飾常坐高堂施絳紗帳前授生徒後列女樂爲南郡太守大將軍梁冀奏融在郡貪濁免官 褒德

符新換 漢文帝二年九月初與郡守爲銅虎符竹使符師古曰與郡守爲符者謂各分其半右留京師左以與之今郡守多用分符合符事謂此署自處州遷澧州刺史故日符新換

懷仁道併遮 寇恂嘗爲潁川太守後從車駕擊隗囂至潁川百姓遮道曰願復借寇君一年乃留恂謂署赴澧州處人懷其仁惠遮道留之 俗嫌龍

節晩周禮掌節凡邦國之使節山國用虎節土國用人節澤國用龍節皆以金爲之使節者卿大夫聘於天子諸侯行道所執之信也**朝訝介圭賝**詩以其介圭入覲于王介圭大圭也賝遠也言其入覲之晩**禹貢輸苞匭**禹貢苞匭菁茅苞橘柚也匭匣也荊州所貢灃屬山南道卽荊州之地**周官賦秉秅**周禮秋官掌客凡諸侯之禮上公車米眡生牢牢十車車秉有五籔車禾眡死牢牢十車車三秅注引聘禮曰十斗曰斛十六斗曰籔十籔曰秉秉有五籔則二十四斛也四秉曰筥十筥曰稯十稯曰秅每車秅則三十稯〇秅宅加切**雄風呑七澤**楚詞宋玉曰此特大王之雄風也司馬相如子虛賦楚有七澤嘗見其一曰雲夢**異產**

控三巴華陽國志曰武王克商封其子宗姬於巴故漢末益州牧劉璋以墊江以

上爲巴郡江州至臨江爲永寧郡朐忍至魚腹爲固陵郡巴遂分矣璋復改永寧爲巴郡以固陵爲巴東郡徙龐義爲巴西太守是爲三巴又樂史寰宇記於渝州記云閬白二水東西流三曲如巴字是謂三巴其說不同然詩意則謂張所治澧州屬山南東道而劉璋所分三巴之地屬山南西道及劍南道山南劍南二道相接故曰控三巴也

卽事

觀農稼因時展物華秋原被蘭葉春渚漲桃花令肅軍無擾程懸市禁貫程法也貫貸也○貫音奢不應虞竭澤史記孔子曰竭澤涸魚則蛟龍不合陰陽虞防也寧復數棲苴詩如彼歲旱草不潰茂如彼棲苴注云苴水中浮草言天下之人如旱歲之草皆枯槁無潤澤如樹上之棲苴○苴鉏加切今作菹字蹀躞騶先駕蹀躞

馬行貌說文云騶廄御○蹀音牒躞音燮騶音鄒籠銅鼓報衙籠銅鼓聲

桼毫東國素韋誕非紈素不下筆素帛也濡印錦溪砂砂丹砂也本草丹砂多出蠻洞錦州界貨積舟難泊人歸山倍畬畬火種田也音賒吳歈工折柳梁元帝纂要曰齊歌曰謳吳歌曰歈宋玉招魂云吳歈蔡謳秦大呂古樂府有折揚柳曲桓伊善笛撰折楊柳尤爲奇妙後人不能盡傳其指訣○歈音俞楚舞舊傳芭文選越艷楚舞後漢傳毅舞賦云宋玉曰激楚結風陽阿之舞材人之窮觀天下之至藝楚辭禮魂曰盛禮兮會鼓傳芭兮代舞芭巫者所持香草隱几松爲曲孟子隱几而卧隱㨿也松爲曲者以松爲曲几○隱於靳切傾罇石作汙禮記汙罇而抔飲鑿地曰汙石作汙者以

石爲汙槫也○汙音蛙今作洿字寒初榮橘柚橘小者曰柚夏首
薦枇杷祀變荊巫禱史記封禪書荊巫祠堂下巫先司命施糜之屬
蓋荊楚之俗好巫也風移魯婦髽禮記檀弓魯婦人之髽而弔也自敗於臺
駘始也蓋魯襄公四年左傳邾人伐鄶臧紇救鄶侵邾敗於狐駘國人逆喪者皆髽魯於
是乎始髽說文云髽喪髻也側瓜切已聞施愷悌還覩正奇衺
周禮比長各掌其比之治視有罪奇衺則相及注衺猶惡也音邪自未竟遷至此皆
叙張出爲南方令及改刺二州之意慕友慚連璧晉書夏侯湛幼有盛才而
美容觀與潘岳友善每行止同輿接茵京都謂之連璧言姻喜附葭漢書
中山靖王傳今羣臣非有葭莩之親顏師古曰葭蘆也莩者其筩中白皮至薄也張揖於

柳氏見前中闌盛六珈注沉埋全死地流落半生涯入郡
腰恒折陶潛曰吾不能爲五斗米折腰拳拳事鄉里小人逢人手盡
义馬援傳云豈有知其無成而但委腰咋舌义手從俗乎敢辭親耻汙
唯恐長疵瘕瘕病也古牙切𢈔幻迷冰火幻怪也列子窮數達
變因形移易者謂之化謂之幻○幻胡辦切齊諧笑柏塗莊子齊諧者志
怪者也注云齊國俳諧之書東方朔傳時有幸倡郭舍人問朔隱語有曰老柏塗朔曰老
者人所敬也柏者鬼之庭也塗者漸洳徑也○塗音荼東門牛屢飯王逸
楚辭注云甯戚修德不用退而商賈齊東門外桓公夜出甯戚方飯牛叩角而商歌桓公
聞之知其賢舉爲客卿甯戚飯牛出淮南子中散蝨空爬晉嵇康爲中散

辨一作辯

大夫山濤爲吏部郎舉康自代康遺濤絕交書曰性復多蝨爬搔無已○蝨音濇逸

戲看猿鬭殊音辨馬撾馬撾馬箠也左傳繞朝贈士會以策注撾也禰衡傳撾鼓○撾張瓜切

渚行狐作孽孽妖孽說文魚獸虫蝗之怪謂之孽莊子孽狐爲之祥○孽魚列切

林宿鳥爲殑殑病也音嗟本作瘥同

病憂能老新聲厲似姱姱好貌苦瓜切豈知千仞墜

秪爲一毫差守道甘長絕明心欲自剄自剄自刎也見吳語○剄音頸

貯愁聽夜雨隔淚數殘葩梟族音

常聒梟妖鳥堅堯切豺羣豕競呀呀張口貌虛牙切一本豕作喙岸

蘆翻毒蠆磎竹鬬狂麈麈牛獸名重千斤出巴中○磎音溪麈音

麻野鶩行看弋江魚或共扠瘴氛恒積潤氣祥
氣訛火亟生煆訛火野火也煆火氣虛加切耳靜煩喧蟻晉殷仲堪傳父師嘗患耳聰聞牀下蟻動謂之牛鬬魂驚怯怒鼃韓非子越
王伐吳欲人之輕死也出見怒鼃乃爲之式從者曰奚欽於此王曰爲其有氣故也風
枝散陳葉霜蔓綖寒氐綖一作綖霧窓前山桂冰
枯曲沼蘧蘧荷葉爾雅芙蕖其葉蘧○蘧音遐思鄉比莊舄史記
陳軫傳越人莊舄仕楚執圭有頃而病楚王曰舄故越人今仕楚執圭富貴矣亦思越不
中謝對曰凡人之思故在其病也彼思越則越聲使人往聽之猶尚越聲也遯世
遇畦夸北史隱逸傳畦夸趙郡高邑人高尚不仕寄情丘壑○畦息隨切遇一作

慕漁舍荄荒草（荄也）覆村橋臥古槎（槎水中浮木鉏加切）

御寒衾用罽（說文云罽西胡毳布蓋氈類也織毛爲之○罽音計）挹水

勺仍椰（挹酌也異物志云椰子木名出交州樹高五六丈無枝條其葉如束蒲背面相似在其上實如瓠横破之可作椀或微長如括蔞子從破之可爲爵交州記曰椰子中有漿飲之得醉故後人取其殼爲酒罌如酒中有毒則酒沸起但今人皆漆其裏則全失用椰子之意矣○挹音邑椰于遮切）

窻蠹惟潛蝎（蝎蠹虫胡葛切）蠹

涎兢綴蝸（甍屋棟莫耕切）引泉開故竇護藥揷新笆（笆竹籬也音巴）

樹怪花因槲（木槲花南方所有多生於古樹朽壞中○槲胡谷切）

蠡憐目待蝦（嶺表録異海鏡蟹爲腹水母蝦爲目水母者閩人謂之鮀

渾然疑㲉大如覆帽腹如懸絮有口而無目常有蝦隨之食其涎浮涎水上人或取之則欻然而没乃蝦有所見耳騄歌㗇易嗄嗄聲敗也老子曰號而豩嗄嗄所嫁於介二切饒醉鼻成皻皻鼻上皰也音查叟捶牽羸馬捶郎箠也垂蘘牧艾豭左傳盍歸吾艾豭豭豕也音加巳看能類鼇爾雅鼇三足曰能奴來切猶訝雉爲鷨鷨鳥名似雉音華誰采中原菽詩中原有菽庶民采之徒巾下澤車周禮有巾車陶淵明詞或命巾車馬援傳曰吾弟少游嘗哀吾多大志曰士生一世但取衣食裁足乘下澤車馭款段馬注車人爲車行澤者欲短轂短轂則利也俚兒供苦筍傖父饋酸樝傖父楚人別種也又晉陽秋有云楚人謂中國人爲傖傖樝果也說文云似棃而

短當作裋音豎布長襦也

酙傖士行切樝音查勸策扶危杖邀持當酒茶道流徵短褐禪客會袈裟香飯舂菰米菰草名廣雅云蔣菰其米謂之雕胡可炊以爲飯○菰音孤珍蔬折五茄五茄藥名本草云茄葉可作蔬菜食筆墨間録曰子厚長韻屬對最精如以死地對生涯中原菽對下澤車右言對左轄皆的對至於香飯炊菰米珍蔬折五茄假菰爲孤獨之孤以對五也方期飲甘露宋録曰新安王子鸞豫章王子尚詣曇濟道人於八公山濟設茶茗尚味之曰此甘露也何言茶茗更欲吸流霞抱朴子項曼都修道山中忽遊紫府飲流霞一杯酒忽思家爲上帝所斥河東呼爲斥仙人屋鼠從穿穴林狙任攫拏狙七余切猿狙也春衫裁白紵朝帽掛烏紗

屢歎恢恢網老子天網恢恢○恢音魁頻搖肅肅罝罝亦網也

詩肅肅兎罝

衰榮困蓂莢帝王世紀曰堯時有草夾階而生每月朔日生一莢至望日落一莢月小則餘一莢王者以是占曆名曰蓂莢

盈缺幾蝦蟇禮記禮運曰月三五而盈三五而缺五經通義曰月中有兎與蟾蜍蟾蜍即蝦蟇也

路識溝邊柳城聞隴上笳笳謂卷蘆葉吹之

共思捐珮處楚詞湘君篇曰捐余玦兮江中遺余珮兮澧浦王逸注云屈原既放逐常思念設欲遠去猶捐玦珮置於水涯冀君求巳示有還意澧浦今澧州也署爲其州刺史故及之

千騎擁青緺緺綬也東郭先生拜二千石佩青緺出宮門行謝主人緺古華切自慕友懟聯璧至此皆自叙其貶黜之意

弘農公以碩德偉材屈於誣枉左官三歲復爲大僚天監昭明人心感悅宗元竄伏湘浦拜賀末由謹獻詩五十韻以畢微志弘農公楊憑也字虛受一字嗣仁虢州弘農人先是御史中丞李夷簡彈憑前爲江西觀察貪污僭侈貶臨賀尉其後自外入爲王傅公是時爲永州司馬作詩以獻

知命儒爲貴孔子曰不知命無以爲君子也時中聖所臧禮記君子之中庸也君子而時中臧善也處心齊寵辱遇物任行藏

關識新安地漢武帝紀元鼎三年冬徙函谷關於新安應劭曰時樓船將軍楊僕數有大功恥爲關外民上書乞徙東關以家財給其用度武帝亦好廣闊於是徙關於新安去弘農三百里封傳臨晉鄉楊氏譜楊朗爲秦將有功封臨晉君臨晉縣屬河中府挻生推豹蔚易君子豹變其文蔚也蔚然有文章貌

遐步仰龍驤魏書陳琳曰今將軍龍驤虎步高下在心驤躍也幹有千尋竦精聞百鍊鋼鋼堅鐵也文選誰知百鍊鋼化作繞指柔茂功期舜禹書時乃功懋哉懋與茂同高韻狀羲黃狀一作上又作扶足逸詩書囿鋒搖翰墨場雅歌張仲德詩侠誰在矣張仲孝友張仲賢臣也頌祝魯侯昌魯頌四篇皆頌僖公也其閟宮

云俾爾熾而昌俾爾昌而熾俾爾昌而大憲府初騰價貞元中憑爲監察御史故云神州轉耀鋩鄒衍言九州之外有神州赤縣此言神州謂京師也右言盈簡策起居舍人一曰右史即禮記所謂言則右史書之者也唐制起居郎掌録天子起居法度天子御正殿則郎居左舍人居右有命俯陛以聽退而書之季冬以授史官此言憑嘗爲起居舍人也左轄備條綱唐制左丞掌管轄諸司糾正省内違判都省事左司員外掌副左丞所管諸司事者也故亦稱左轄此謂憑嘗爲左司員外郎也響切晨趨佩煙濃近侍香司儀六禮洽周禮司徒修六禮以節民性謂冠一婚二喪三祭四鄉五相見六也此謂憑嘗爲禮部郎中論將七兵揚周禮司徒掌五兵至魏置五兵尚書謂中兵外

兵騎兵別兵都兵爲五晉太康中乃分中兵外兵各爲左右與舊五兵爲七曹後魏遂爲七兵尚書此謂憑嘗爲兵部郎中合樂來儀鳳書簫韶九成鳳凰來儀匹也尊祠重餼羊論語子貢欲去告朔之餼羊其子曰賜也爾愛其羊我愛其禮注云牲生曰餼羊二句皆以謂憑嘗爲太常少卿卿材優柱石左傳襄二十六年晉卿不如楚其大夫則賢皆卿材也公器擅巖廊虞舜之時臨於巖廊之上見漢書晉灼曰巖廊巖峻之廊峻節臨衡嶠正元十八年九月遷自太常少卿爲湖南觀察使衡嶠衡山也在衡州屬湖南道和風滿豫章永貞元年十一月憑自湖南遷江西觀察使江西觀察使治洪洪州豫章郡即洪州也人歸父母育郡得股肱良漢書季布傳河東吾股肱郡故特召君爾

細故誰留念煩言肯過防左傳嘖有煩言璧非眞盜客史記張儀嘗從楚相飲已而楚相亡璧門下意張儀儀曰儀貧無行必此盜相君之璧共執儀掠笞數百不服釋之金有誤持郎史記直不疑爲郎事文帝其同舍有告歸誤持同舍郎金去已而金主覺亡意不疑不疑謝有之買金償後告歸者至而歸金亡金郎大慙憑性素簡傲接下脫畧人多怨之及歷二鎮尤事奢侈龜虎休前寄龜印也衛宏漢舊儀列侯丞相將軍皆黃金印龜鈕中二千石亦銀印龜鈕虎符也漢文帝初與郡守爲銅虎符曰休前寄者謂憑解江西觀察使貂蟬冠舊行貂蟬冠也晉太始中通直散騎常侍亦武冠右貂金蟬二句謂憑元和初解江西觀察召還爲左散騎常侍○貂丁聊切訓刑方命呂謂憑自散騎爲刑部侍郎

也周書呂命穆王訓夏贖刑作呂刑孔頴達曰呂侯見命爲天子司寇以穆王命作書訓暢夏禹贖刑之法以訓告天下也理劇復推張謂憑元和四年自刑部爲京兆尹也張謂張敞漢宣帝時爲京兆尹京兆典京師長安中浩穰於三輔尤爲劇入守者皆以罪過罷唯趙廣漢及敞爲久任直用明銷惡還將道勝剛敬逾齊國社史記漢石慶爲齊相齊國慕其家行大治爲立石相社恩比召南棠詩甘棠美召伯也召伯之教明於南國蔽芾甘棠勿翦勿伐召伯所茇蓋國人被其德茇思其人而愛其樹也希怨猶逢怒論語怨是用希詩逢彼之怒謂憑雖能希怨而猶不免逢人之怒者也多容競忤彊火炎侵琬琰書火炎崑岡玉石俱焚琬琰圭名也琬音宛琰音掞鷹擊謬

鸞凰言憑誤遭彈擊也憑爲京尹其年七月御史中丞李夷簡奏憑前在江西日贓罪及他不法事詔刑部尚書李鄘大理卿趙昌御臺參訊貶臨賀尉先是夷簡自御史出官在巡屬憑頗疎縱不能接之夷簡切齒及憑歸朝修第於永寧里功作併興又廣畜妓妾於永樂里之別宅謗議頗讙故夷簡舉劾將欲殺之及下獄置對數日未得其事夷簡持之益急上聞之且貶焉

刻木終難對漢書路温舒傳俗語曰畫地爲獄議不入刻木爲吏期不對顔師古注曰畫獄木吏尚不入對況眞實乎又司馬遷報任少卿書曰士有畫地爲牢誓不入削木爲吏議不對定計於鮮也

焚芝未改芳抱朴子曰盧巫山之失火恐芝艾之併焚

遠遷逾桂嶺謂憑自京尹貶臨賀尉也臨賀屬廣州隸廣南道桂嶺賀州山名

中徙滯餘杭謂憑繼徙餘杭

長史也杭州爲餘杭郡顧士雖懷趙史記廉頗一爲楚將無功曰我思用趙人廉頗本趙將故也知天詎畏匡論語子畏於匡曰天之未喪斯文也匡人其如予何論嫌齊物誕莊子有齊物篇誕虛誕也騷愛遠遊傷楚詞有遠遊章乃屈原之所作也麗澤周羣品易麗澤兌注麗猶連也澤謂德澤重明照萬方易重明以麗乎正乃化成天下篇首題云三歲復爲大僚蓋憑自元和四年巳丑貶至七年壬辰爲三歲是歲立遂王宥爲皇太子肆赦故此又有重明照萬方之句斗間收紫氣晉書吳之未滅也斗牛之間常有紫氣吳平之後紫氣愈明豫章人雷煥曰此實劍之精上徹于天耳在豫章豐城煥爲豐城令掘獄中果得雙劍臺上掛清光清光鏡也福爲深仁集

妖從盛德禳秦民啼吠畝謂秦民思之也周士舞康莊康莊大道爾雅四達謂之衢五達謂之康六達謂之莊采綬還垂艾晉灼注漢書盭綬盭草名出琅琊平昌縣似艾可染緑因以爲綬名焦貢易林曰二千石官白艾綬也華簪更截肪魏文帝與鍾繇書曰竊見玉書稱美玉白如截肪華簪更截肪謂以玉爲簪也○肪音方高居遷鼎邑左傳武王克商遷九鼎于洛邑遷鼎邑郎謂洛陽也遥傳好書王史記賈誼爲梁懷王太傅梁懷王文帝之少子愛而好書故令賈誼傅之又漢書景帝子河間獻王修學好古寔事求是從民得善書必爲好寫與之留其眞故得書與漢朝等是時淮南王安亦好書二句謂憑自杭州召還遷諸王傳居洛陽也集有祭憑文云入傳王國嘉聲聿興謂此碧樹

◎

環金谷晉書石崇有別館在河陽之金谷一名梓澤丹霞映上陽上陽宮名留歡唱容與要醉對清涼謂憑爲王傅留歡要醉與之爲好也故友仍同里常僚每合堂淵龍過許劭冰鯉弔王祥公自注云許侍郎尹河南許司業分司東都王舍人居憂在洛皆弘農公平生親友後漢許劭汝南平輿人兄虔亦知名汝南人稱平輿淵有二龍焉此喻許孟容及許司業也晉書王祥性至孝後母朱氏常欲生魚時天寒冰凍祥解衣剖冰求之冰忽自解雙鯉躍出持之以歸此以謂王仲舒也玉漏天門靜張衡漏水轉渾天儀制曰以銅爲器再疊差置寘以清水下各開孔以玉虯吐漏水入兩壺左爲晝右爲夜銅駝御路荒華延儁洛陽記曰兩銅駝在宮之南街東西相

向高九尺洛陽謂之銅駝陌筆墨間錄云此對妙同於老杜矣澗瀍秋瀲灩書我乃卜澗水東瀍水西惟洛食瀲灩水動貌○上力驗切下音灩嵩少暮微茫戴延之西征記曰嵩山其東謂太室西謂少室嵩其總名即中岳也在洛遵渚徒云樂詩鴻飛遵渚注云鴻大鳥不宜與鳧鷖之屬飛而遵渚以為周公今與凡人處東都之邑失其所也遷今亦居東都故公又引此詩以喻之冲天自不遑淳于髡說齊威王曰國中有大鳥三年不蜚又不鳴王曰此鳥不飛則已一飛冲天降神終入輔詩維嶽降神生甫及申種德會明敭書臯陶邁種德又曰明明揚側陋揚亦作敭獨棄僉人國僉人注見前詩難窺夫子墻論語夫子之墻數仞通家殊孔李後漢孔融年十歲隨父詣

父

京師時河南尹李膺以簡重自居不妄接士勑外非通家不得白融造門語門者曰我是李君通家子弟膺見之問曰高明祖父嘗與僕有恩舊乎曰先君孔子與公先人李老君同德比義而相師友則融與君累世通家衆坐莫不歎息舊好卽潘楊潘岳懷舊賦曰余十二而獲見於友東武戴侯楊君始見知名遂申之以姻好楊君名肇以女妻岳公娶憑弟疑之女故及之世議排張摯史記張摯字長公釋之之子官至大夫免以不能取容當世故終身不仕時情棄仲翔吳志虞翻字仲翔孫權以爲騎都尉數犯顏諫諍權不悅又性不協俗多見謗毀坐徙丹陽縣尉不言縲紲枉論語雖在縲紲之中非其罪也徒恨纆徽長易繫用徽纆纆墨繩○徽一作牽賈賦愁單閼賈誼貶長沙作鵩賦曰單閼之歲鵩集予

舍單閼太歲在卯也○閼烏合切鄒書怯大梁鄒陽事梁孝王介於羊勝公孫詭之間勝等陽惡之孝王怒下陽吏將殺之陽乃從獄中上書梁王立出之烟

心那自是昭世懶佯狂史記箕子乃佯狂爲奴鳴玉機

全息玉謂佩也懷沙事不忘屈原既放逐乃作懷沙之賦自投汨羅而死

戀恩何敢死垂淚對清湘公在永州州有湘水自獨棄傖人國已下皆公自敘已意

酬韶州裴曹長使君寄道州呂八大使因以見示二十韻一首并序○裴韶州名與字俱未詳而題乃有曹長使君之稱必嘗與公同在禮部

口魏王卧内藏兵符史記魏安釐王使將軍晉鄙將十萬衆救趙實持兩端王弟信陵君無忌之客侯生曰嬴聞晉鄙之兵符在王卧内而如姬最幸力能竊之公子誠一開口請如姬如姬必許諾則得虎符奪晉鄙軍北救趙而西却秦此五伯之功也臣客朱亥力士可與俱晉鄙不聽可使擊殺之

子西掩袂真無辜左氏哀十六年傳白公殺子西子期于朝而劫惠王子西以袂掩面而死此謂盜殺武元衡而朝堂不知也

羌胡轂下一朝起司馬相如諫疏曰陛下好陵險阻射猛獸卒然遇軼材之獸駭不存之地是胡越起於轂下而羌夷接軫也

敵國舟中非所擬吳起諫武侯曰君不修德舟中之人盡爲敵國也

安陵誰辨削礪功史記袁盎列傳梁孝王欲求爲嗣袁盎進說其後語塞以此怨

盎使人刺盎安陵郭門外梁孝王世家太史公曰王使人殺盎刺之刺者置其劍劍著身視其劍新治問長安中削厲工工曰梁孝王于某來治此劍以此知而發覺之功當作工

韓國詎明深井里 史記刺客傳聶政河内軹縣深井里人嚴仲子事韓哀侯與韓相俠累有郤請政爲之報仇政刺殺俠累因自皮面抉眼自屠出腸韓取尸暴於市而問莫知誰子其姊嫈聞而往哭之曰是軹深井里聶政也以妾在重刑以絕從妾柰何畏歿身之誅終滅賢弟之名遂死于尸旁此謂當時元衡爲賊所殺初不知主名吏卒不敢窮捕後下詔積錢東西市以募告者而王云則王士平始以賊聞也

絕䑋斷骨那下補 秦晉謂肌曰䑋音穰或作臙臙唐韻作胭項也下字一作可

萬金寵贈不如土

寄韋珩 珩正卿之子集有荅珩示韓愈相推以文墨事書

初拜柳州出東郊元和十年三月以公爲柳州刺史道旁相送皆賢豪迴眸炫晃別羣玉羣玉羣賢也獨赴異域穿蓬蒿炎煙六月咽口鼻胷鳴肩舉不可逃六月公過嶺桂州西南又千里灕水鬬石麻蘭高灕水名出陽海山即桂江也蘭麻山名在今桂州理定縣今本麻蘭恐誤○灕音離陰森野葛交蔽日懸蛇結虺如蒲萄到官數宿賊滿野縛壯殺老啼且號饑行夜坐設方畧籠銅枹鼓手所操籠銅鼓聲枹擊鼓杖也音膚奇瘡

祝曰　湯曰

釘骨狀如箭鬼手脫命爭纖毫今年噬毒得霍疾霍疾謂霍亂支心攪腹戟與刃邇來氣少筋骨露蒼白澌汨盈顛毛澌汨水流貌國語曰班序顛毛以爲民統紀注云顛項毛髮也澌則瑟反汨越筆切。君今砿砿又竄逐爾雅砿固也石堅也口黠切與硈同又口骨切辭賦已復窮詩騷神兵廟畧頻破虜時用兵討淮蔡故云四溟不日清風壽聖恩儻忽念行葦十年踐踏久已勞詩敦彼行葦牛羊勿踐履注云行道也公得罪至是十餘年矣幸因解網入鳥獸史記湯出見野張網四面自天下四方皆入吾網嘻盡之矣乃去其三面莊子曰入鳥不亂羣入獸

不亂行畢命江海終遊遨願言未果身益老起

望東北心滔滔東北圻所謫處

奉和楊尚書郴州追和故李中書夏日登北樓十韻之作依本詩韻次用尚書名於陵字達夫元和十一年四月自戶部侍郎判度支貶郴州刺史坐供軍有闕也先是貞元中李吉甫爲郴州刺史有北樓詩十韻至是於陵和之公亦和焉郴音琛

郡樓有遺唱新和敵南金選詩美人贈我綠綺琴何以報之雙南金南金良金也境以道情得人期幽夢尋層軒隔

炎暑逈野恣窺臨鳳去徽音續（詩太似嗣徽音徽美也）芝焚芳意深（芝焚見上獻弘農公詩注鳳去以比吉甫芝焚以比楊尚書也）游鱗出陷浦唳鶴繞仙岑風起三湘浪雲生萬里陰宏規齊德宇麗藻競詞林靜契分憂術閒同遲客心（遲待也除吏切）驊騮當遠步（驊騮良馬也）鶗鴂莫相侵（離騷曰恐鶗鴂之先鳴兮使夫百草爲之不芳鶗一作鶗鶗鴂一曰杜鵑常以立夏鳴鳴則衆芳皆歇張平子思玄賦云恃已知而華予兮鶗鴂鳴而不芳謂恃已之芳華莫時知我而鶗鴂之鳴使衆草不芳猶讒邪所蔽不得進也○鶗音題又火系切鴂古穴切）今日登高處還聞梁父吟（陸士衡雜擬詩）

齊僮梁父吟注梁父吟樂府曲名也諸葛亮躬耕隴畝好爲梁父吟

楊尚書寄郴筆知是小生本樣令更商搉使盡其功輒獻長句

截玉銛錐作妙形截玉銛錐謂錐之可截玉者銛利也音纖貯雲含霧到南溟南溟南海謂郴州也尚書舊用裁天詔漢以尚書郎作詔文漢官儀曰尚書郎主作文書起草夜更直五日於建禮門內內史新將寫道經晉書王羲之爲會稽內史山陰有道士好養鵝羲之往觀意甚悅固求市之道士云爲寫道德經當舉群相贈羲之欣然寫畢籠鵝而歸內史以比楊尚書曲藝豈能裨損益曲藝小藝謂書學也微辭秪欲播

芳馨芳馨謂楊尚書治行桂陽鄉月光輝偏桂陽郴州書云鄉士惟月毫末應傳顧兎靈楚詞夜光何德死則又育厥利維何而顧兎在腹言月中有兎居月之腹顧望也詩意謂此筆當是顧兎之毫

南省轉牒欲具江國圖令畫通風俗故事江字一本作注

聖代提封盡海壖漢書食貨志提封萬井李奇注曰提擧也擧四封之内也海壖江海邊地○壖而緣切狼荒猶得紀山川狼荒荒遠之境

華夷圖上應初録風土記中殊未傳晉書周處有風土記十卷椎髻老人難借問前漢書西南夷傳自滇以比此皆椎髻注

謂髻如椎之形也○椎直追切黃茆深峒敢留連峒山穴也下有柳州峒氓詩蓋柳州之民多有居峊峒間者○峒徒弄切南宮有意求遺俗南宮南省也試撿周書王會篇周武王時遠國歸欵周史集其事爲王會篇見今汲冢周書第五十九篇

與浩初上人同看山寄京華親故浩初潭州人龍安海禪師弟子自臨賀至柳州謁公集又有浩初上人欲登仙人山詩及送浩初序

海畔尖山似劒鋩秋來處處割愁腸東坡曰退之詩水作青羅帶山爲碧玉簪子厚詩海畔尖山似劒鋩秋來處處割愁腸陸道士云二公當

時不討會好做成一屬對子瞻爲之對曰繫懣豈無羅帶水割愁還有劒鋩山又曰僕自東武適文登並海行數日道傍諸峯眞若爲若劒鋩誦子厚詩知海山多奇峯也

化得身千億十萬曰億散上峯頭望故鄉

再至界圍巖水簾遂宿巖下

發春念長違中夏欣再覯公元和十年春正月自永召還過巖下故云發春念長違是年三月出刺柳州五月復經從故云中夏欣再覯是時植物秀杳若臨玄圃東方朔十洲記崑崙有三角一角正西北名玄圃臺層城閬風玄圃皆在崑崙歊陽訏垂冰歊歊熱氣出貌許嬌切白日驚雷雨笙簧潭際起鸛鶴雲間舞詩鸛鳴于垤鸛鶴水鳥皆

裕遂錄禹治水所穿鑿處皆有泥封記丈自兔印主上此封堠之始山海經黄帝遊乎天下有記里之鼓道路記以里堠起軒轅時也

見此水簾而舞○鸛古玩切古苔凝青枝陰草濕翠羽蔽空素彩列激浪寒光聚的皪沉珠淵的皪白貌班孟堅東都賦賤奇麗而不珍捐金於山沉珠於淵○的丁歷切皪音歷鏘鳴捐珮浦楚詞捐余珮兮澧浦幽巖畫屏倚新月玉鈎吐夜涼星滿川忽凝眠洞府一本作恍惚迷洞府

詔追赴都廻寄零陵親故自此篇下至灞亭上詩皆元和十年北還道中作

毎憶纖鱗遊尺澤翩愁弱羽上冊霄冊霄雲霄也岸傍古堠應無數次第行看別路遥

過衡山見新花開却寄弟

故國名園久別離今朝楚樹發南枝大庾嶺上梅南枝落北枝開晴天歸路好相逐正是峯前迴鴈時衡山有五峯紫蓋天柱芙蓉石廩祝融等孔安國尚書注鴻鴈之屬九月而南正月而北左思蜀都賦曰木落南翔氷泮北徂

汨羅遇風說文云長沙汨羅淵屈平所沉之水○汨莫歷切

南來不作楚臣悲屈原投汨羅而死公方召回故云不作楚臣悲重入脩門自有期楚詞招魂曰魂兮來歸入脩門些注云脩門郢城門爲報春風汨羅道莫將波浪枉明時

志

朗州竇常員外寄劉二十八詩見促行騎走筆酬贈竇常字中行元和七年冬自水部員外郎爲朗州刺史先是劉禹錫與公同貶今俱召至京師常有此寄公因酬贈

投荒垂一紀公自永貞元年謫永州司馬至是元和十年爲十一年故云垂一紀十二年曰紀新詔下荊扉疑比莊周夢莊周夢爲蝴蝶栩栩然胡蝶也自喻適與不知周也俄然覺則遽遽然周也不知周之夢爲胡蝶與胡蝶之夢爲周與情如蘇武歸蘇武使匈奴留十九年不遣至昭帝立乃得歸賜環留逸響賜環見上酬裴部州詩注五馬助征騑墨客揮犀

云世謂太守爲五馬或云詩曰孑孑干旟在浚之都素絲組之良馬五之鄭注謂周禮州長建旟漢太守比州長法御五馬故云或曰古乘駟馬車至漢太守出則增一馬見漢官儀也又古今風俗通曰王逸少出守永嘉庭列五馬綉鞍金勒出則控之故永嘉有五馬坊古樂府使君從南來五馬立踟躕五馬言常也騑驂旁馬也駈征騑卽謂促其行騎。騑音非不羨衡陽鴈春來前後飛

離觴不醉至驛却寄相送諸公

無限居人送獨醒楚詞屈原曰衆人皆醉而我獨醒衆人皆濁而我獨清可憐寂寞到長亭庾子山江南賦十里五里長亭短亭五里一短亭十里一長亭也長亭短亭傳舍也荊州不遇高陽侶漢書酈食其曰

吾高陽酒徒也非儒人也

一夜春寒滿下廳（下廳猶下舍也）

北還登漢陽北原題臨川驛（漢陽在唐屬鄂州）

驅車方向闕，迴首一臨川。多壘非余耻（禮記四郊多壘卿大夫之辱也），無謀終自憐。亂松知野寺，餘雪記山田。惆悵樵漁事，今還又落然。

題淳于髡墓　劉禹錫

生爲齊贅壻，死作楚先賢。應以客卿葬，故臨官道邊。寓言本多興，放意能合權。我有

一石酒置君墳樹前

善謔驛和劉夢得酹淳于先生驛在襄州之南即淳于髡放鵠之所今訛爲善謔驛

水上鵠已去史記齊王使淳于髡獻鵠于楚出邑門道飛其鵠徒揭空籠造詐成詞往見楚王曰齊王使臣來獻鵠過水上不忍鵠之渴出而飲之去我飛亡吾欲刺腹而死恐人議王以鳥獸之故令士自殺吾欲買而代之是不信而欺吾王也楚王曰齊有信士若此哉厚賜之財倍鵠在也

亭中鳥又鳴史記又曰齊威王喜隱髡說之以隱曰國中有大鳥止王之庭三年不蜚又不鳴王知此鳥何也王曰不飛則已一飛沖天不鳴則已一鳴驚人

辭因使楚重見上注名爲救齊

成威王八年楚大發兵加齊齊王使髡之趙請救趙王與之精兵十萬革車千乘楚聞之夜引兵而去荒壠遽千古羽觴難再傾宋玉招魂瑤漿蜜酌實羽觴注觴酒器也揷羽於其上劉伶今日意劉伶以譬禹錫異代是同聲易同聲相應

詔追赴都二月至灞亭上灞水在京城之左此將入京時作也〇灞音霸

十一年前南渡客四千里外北歸人詔書許逐陽和至驛路開花處處新

李西川薦琴石元和八年正月以山南東道節度使李夷

簡爲西川節度使薦藉也

遠師騶忌鼓鳴琴史記田敬仲世家騶忌子以鼓琴見威王去和南風愜舜心家語舜作五絃之琴以歌南風文中子曰子驟而歌南風鈞者日噫非今日事也其有虞氏之心乎從此他山千古重詩他山之石可以爲錯殷勤曾是奉徽音徽音美音也詩太姒嗣徽音

同劉二十八哭呂衡州兼寄江陵李元二侍御元和六年九月衡州刺史呂溫卒元侍御名稹是時稹自東臺監察御史貶江陵士曹參軍又按李元二侍御卽前李深源元克巳也

衡岳新擢天柱峯衡山南岳也天柱乃衡山諸峯之一公意借以諭衡州矣

士林顧頓泣相逢秖令文字傳青簡上古以竹簡寫書後漢吳祐傳祐父恢欲殺青簡寫經書注云殺青簡者以火炙簡令汗蓋取其易書復不蠹謂之殺青亦謂之汗簡

不使功名上景鍾周禮鳧氏爲鍾鍾帶謂之篆篆間謂之枚枚謂之景景鍾大鍾也襄十九年左傳季武子作林鍾而銘魯功是也

三畝空留懸磬空僖二十六年左傳齊侯謂展喜日室如懸磬野無青草何恃而不懼

九原猶寄若堂封禮記檀弓文子日武也得從先大夫於九原注晉卿大夫之墓地在九原又夫子日吾見封之有若堂者矣注封築土爲壟堂形四方而高

遙想荆州人物論幾迴中夜惜

元龍魏志陳登字元龍爲廣陵太守年三十九卒後許汜劉備並與荆州牧劉表坐表與共論天下人汜曰陳元龍湖海之士豪氣不除備曰元龍文武膽志當求之於古耳造次難得此也時李元二侍御皆在江陵故用此事

劉二十八詩 此詩當低一字

一夜風霜凋玉芝蒼生望絕士林悲空懷濟世安人畧不見男婚女嫁時遺草一函歸太史旅墳三尺近要離朔方徙歲行將滿欲爲君刊第二碑

奉酬楊侍郎丈因送八叔拾遺戲贈

詔追南來諸賓二首　楊侍郎名於陵

貞一來時送彩牋彩牋郎楊侍郎戱贈之什也一行歸鴈慰驚弦一行歸鴈以況南來諸賓驚弦言初自遷謫而歸翰林寂寞誰爲主潘岳詩如彼翰林鳥雙飛一朝隻翰林鳥棲之林鳴鳳應須早上天鳴鳳以喻楊侍郎言早上天爲翰林衆鳥之主

六言

一生判却歸休謂著南冠到頭左傳有南冠而縶者南冠楚冠也秦滅楚以賜執法近臣號柱後惠文冠冶長雖解縲紲論語子謂公冶長可妻也雖在縲紲之中非其罪也無由得見東周見猶至也東周

洛陽也言不得至洛陽也

商山臨路有孤松往來斫以爲明好事者憐之編竹成援遂其生植感而賦詩公赴柳州道中作蓋有自況之意援籬也音爰

孤松停翠蓋託根臨廣路不以險自防遂爲明所誤幸逢仁惠意重此藩籬護猶有半心存時將承雨露

衡陽與夢得分路贈別劉夢得集有重至衡陽傷柳儀曹詩引云元和乙未歲與故人柳子厚臨湘水爲別柳浮

舟適柳州余登陸赴連州後五年予從故道出桂嶺至前别處而君歿於南中因賦詩以投弔詩云憶昔與故人湘江岸頭别我馬映林嘶君帆轉山滅馬嘶循故道帆滅如流電千里江蘺春故人今不見元和乙未即十年也

十年顛頓到秦京誰料翻爲嶺外行元和十年二月公召至京師三月出爲柳州刺史

伏波故道風煙在漢武帝紀南越相呂嘉反遣伏波將軍路博德出桂陽下湟水公適柳劉適連皆過桂嶺而去故所經乃伏波故道後漢伏波將軍馬援南征交趾

翁仲遺墟草樹平魏志明帝鑄銅人二號曰翁仲又水經注鄗南千秋亭壇廟之東枕道有兩石翁仲南北相對此言

（翁仲謂墓前石人也）直以慵疎招物議休將文字占時名今朝不用臨河別垂淚千行便濯纓（孟子滄浪之水清兮可以濯我纓）

再受連州至衡陽酬贈別　劉夢得

（公前有衡陽與夢得分路贈別詩此夢得所以酬之）

去國十年同赴召渡湘千里又分岐重臨事異黃丞相（漢書黃霸爲潁川太守徵守京兆尹坐發民治馳道之軍興有詔歸潁川太守官夢得初貶連州今又出刺連州故曰重臨）三黜名慚柳士師（論語柳下惠爲士師三黜禹錫初貶連州刺史再貶朗州司馬）

又除連州是為三黜耳歸目併隨廻鴈盡，愁腸正遇斷猿時。桂江東過連山下，桂江即漢時號離水者在柳州城外連山即連州也相望長吟有所思。選詩有君子有所思篇

重別夢得 此公再與夢得別詩

二十年來萬事同，貞元九年公與禹錫同舉進士其後出處畧同至是二十三年矣今朝岐路忽西東。皇恩若許歸田去，晚歲當爲隣舍翁。

答 此夢得答公前詩

劉夢得

弱冠同懷長者憂，臨岐廻想盡悠悠。耦耕

若便遺身世論語長沮桀溺耦而耕耦耕並耕也黄髮相看萬事休

三贈劉員外此公復贈夢得

信書成自誤經事漸知非今日臨岐別一作臨湘別何年待汝歸文選謝朓休沐東還道中詩日還卭歌賦似休汝車騎非

答此夢得答公前詩　劉夢得

年方伯玉早蘧爰字伯玉莊子蘧伯玉行年六十而六十化恨比四愁多張衡出爲河間相鬱鬱不得志爲四愁詩詩見文選會待休車騎相隨出罻羅禮記月令鳩化爲鷹然後設罻羅注罻小網

好在湘江水一作上湘江湘水出零陵陽海山至巴丘入江今朝又上來不知從此去更遣幾年迴

青水驛叢竹天水趙云余手種一十二莖別本此詩次善謔驛後

簷下疏篁十二莖襄陽從事寄幽情襄陽從事即謂天水趙也䄄應更使伶倫見寫盡雌雄雙鳳鳴漢書律曆志黃帝使伶倫取竹嶰谷制十二筩以聽鳳之鳴其雄鳴為六其雌鳴亦六

長沙驛前南樓感舊公自注云昔與德公別於此

海鶴一爲別海鶴以譬德公存亡三十秋貞元初今至此

來數行淚獨上驛南樓

桂州北望秦驛手開竹逕至釣磯留

待徐容州舊史元和十年以長安令徐俊爲容管經略使徐容州卽俊也公是年三月出爲柳州而徐之除在公後故公先至桂州留詩以待之

幽徑爲誰開美人城北來美人謂徐容州王程儻餘

暇王程王事也一上子陵臺後漢嚴光字子陵隱於釣臺今嚴州後人名其釣處爲嚴陵瀨焉

陳謙之謙當作諫字

登柳州城樓寄漳汀封連四州 永貞元年

公與韓泰韓曄劉禹錫陳謙凌準程异韋執誼皆以附王叔文與號八司馬凌準執誼皆卒貶所异先用餘四人元和十年與公皆例召至京師又皆出為刺史公為柳州泰爲漳州曄爲汀州禹錫為連州謙爲封州公六月到柳州此詩是年夏所寄也

城上高樓接大荒山海經有大荒經海天愁思正茫茫驚風亂颭芙蓉水芙蓉荷花。颭式冉切○密雨斜侵薜荔墻楚辭貫薜荔之落蘂注云薜荔香草也緣木而生○薜蒲計切荔郎計切嶺樹重遮千里目江流曲似九廻腸司馬遷與任安

書腸一日而九迴劉淵云一本作雲駛去共如千里馬江流曲似九迴腸未知孰是

來百越文身地莊子越人斷髮文身越世家文身斷髮披草萊而邑焉

猶自音書滯一鄉

柳州寄丈人周韶州

越絕孤城千萬峯越絕書名言越之絕境空齋不語坐

高春淮南子曰日經于泉隅是謂高春于連石是謂小春高春日晏也損印文

生綠經旬合硯匣留塵盡日封梅嶺寒煙藏

翡翠梅嶺今大庾嶺是也桂江秋水露鰅鱅楚詞大招曰鰅鱅短

狐王虺騫只說文云狀如犁牛鰅魚皮有文音娛鱅魚名音庸丈人本自忘

機事莊子有機事者必有機械爲想年來憔悴容

登柳州峨山峨山山名見公柳州山水諸記一本作岷山者非是

荒山秋日午獨上意悠悠如何望鄉處西北

是融州融州在柳州北三十里

得盧衡州書因以詩寄

臨蒸且莫歎炎方臨蒸衡州縣名後改爲衡陽爲報秋來

鴈幾行林邑東迴山似戟林邑漢象林縣馬援鑄銅柱處牂

牁南下水如湯牂牁係船杙也華陽國志云楚頃襄王時遣莊蹻伐夜郎

至且蘭椓船於岸而步戰既滅夜郎以且蘭有椓船牂牁處乃改其名爲牂牁史記云牂牁江廣數里出番禺城下蒹葭淅瀝含秋霧詩蒹葭蒼蒼白露爲霜陸機草木疏云蒹水草葭蘆葦○淅音析瀝音歷橘柚玲瓏透夕陽非是白蘋洲畔客南史柳渾爲吳興太守嘗爲江南曲云汀州采白蘋落日江南春還將遠意問瀟湘

答劉連州邦字連州刺史劉禹錫

連璧本難雙潘岳夏侯湛號爲連璧詳見上詩注分符刺小邦分符亦見上注崩雲下灘水灘水出零陵劈箭上潯江柳州州治在潯江北負弩啼寒狖漢司馬相如傳縣令負弩矢先驅狖獸名似猿

犺鼠屬舍旋○犺余救切鳴枹驚夜猇枹擊鼓杖說文云猇犬多毛也○枹音膚猇音尨遥憐郡山好謝守但臨窻謝守指安石也安石嘗為吴興太守

嶺南江行

瘴江南去入雲煙望盡黄茆是海邊山腹雨晴添象跡潭心日暖長蛟涎南方池塘瀦港中往往有蛟或於長江内吐涎人為涎制不得去遂没江中射工巧伺游人影博物志江南有射工虫長一二寸有弩形氣射人不治則殺人毛詩為鬼為蜮陸璣疏云蜮一名射影南人將入水先以瓦石投水中令水濁然後入又春秋莊公十八年有蜮疏云含

沙射人影也

颶毋偏驚旅客船嶺表志云南海秋風雲物有暈如虹者謂之颶毋必有颶風嶺南録異記云嶺嶠夏秋雄風日颶發日午至夜半止仆屋僵樹飄屋瓦若飛蝶累年一發或一歲再三○颶音具

從此憂來非一事

豈容華髮待流年

柳州峒氓峒與洞同

郡城南下接通津

異服殊音不可親

青箬裹鹽歸峒客楚人謂竹皮曰箬可以苂舟峒山穴也○箬而灼切

緑荷包飯趂虛人嶺南人呼市爲虛蓋市之所在有人則滿無人則虛而嶺南村市滿時少虛時多故謂之虛出青箱紀録

鵝毛禦臘縫山罽邕管溪洞不產

絲纊民多以木綿茆花鵝毛爲被故人家家養鵝二月至十月摯取耎毳積以禦寒○罽居例切

雞骨占年拜水神卜漢書郊祀志粵祠雞卜自此始李奇曰持雞骨如鼠卜

愁向公庭問重譯前漢紀越裳氏重譯獻白雉○譯音

亦欲投章甫作文身禮記儒行孔子居魯冠章甫之冠莊子宋人資章甫而適越越人斷髮文身無所用之

酬徐二中丞普寧郡內池館即事見寄徐中丞即前望秦驛詩云徐容州者也按地理志容州普寧郡防禦經畧而徐後爲容管經略當是後也然題云中丞考之史不載

鵷鴻念舊行。鵷鴻公自喻鵷音宛虛館對芳塘落日

明朱檻縈花燕羽觴羽觴見上詩注泉歸滄海近樹

入楚山長榮賤俱爲累相期在故鄉

酬賈鵬山人郡内新栽松寓興見贈

二首郡内謂柳州也

芳杇自爲别杇枯也别異也言芳杇各異耳無心乃玄功玄功天功夭夭日放花詩桃之夭夭夭夭桃花貌榮耀將安窮青

松遺澗底文選古詩離離山上苗鬱鬱澗底松擢蒔玆庭中蒔别種也上吏切積雪表明秀寒花助葱蘢。葱蘢翠色蘢力工

切貞幽夙有慕易幽人貞吉顏延年詩幼壯困孤介末暮謝幽貞謂幽靜貞吉之道也夙素也持以延清風

無能常閉閤偶以靜見名奇姿來遠山奇姿謂所栽松忽似人家生勁色不改舊芳心與誰榮喧卑豈所安任物非我情清韻動竽瑟諧此風中聲

種柳戲題

柳州柳刺史種柳柳江邊談笑爲故事推移成昔年垂陰當覆地聳幹會參天好作思人

樹定九年左傳思其人猶愛其樹慚無惠化傳

柳州二月榕葉落盡偶題藝苑雌黄云閩廣有木名榕音容子厚集有柳州二月榕葉落盡詩云榕葉滿庭鶯亂啼東坡詩卧聞榕葉響長廊又云郎令榕葉下亭臯即此木也其木大而多陰可蔽百牛故字書有寬庇廣容之説

宦情羈思共悽悽春半如秋意轉迷山城過雨百花盡榕葉滿庭鶯亂啼

浩初上人見貽絶句欲登仙人山因以酬之仙人山在柳州

珠樹玲瓏隔翠微（珠樹亦言樹木之美耳）病來方外事多違（方外謂方之外）遊仙山不屬分符客（分符見上一詩注）一任凌空錫杖飛

雨中贈仙人山賈山人（賈山人即前賈鵬也）

寒江夜雨聲潺潺（鉏山切）曉雲遮盡仙人山遥知玄豹在深處（列女傳陶答子妻曰南山有玄豹霧雨十日不下食）下笑羈絆泥塗間

別舍弟宗一（公之從兄弟見於集者有宗一宗玄宗直其世系皆不可得而詳矣）